E-Z DICKENS SUPER-HERÓI LIVRO TRÊS:
SALA VERMELHA

Cathy McGough

Stratford Living Publishing

Índice

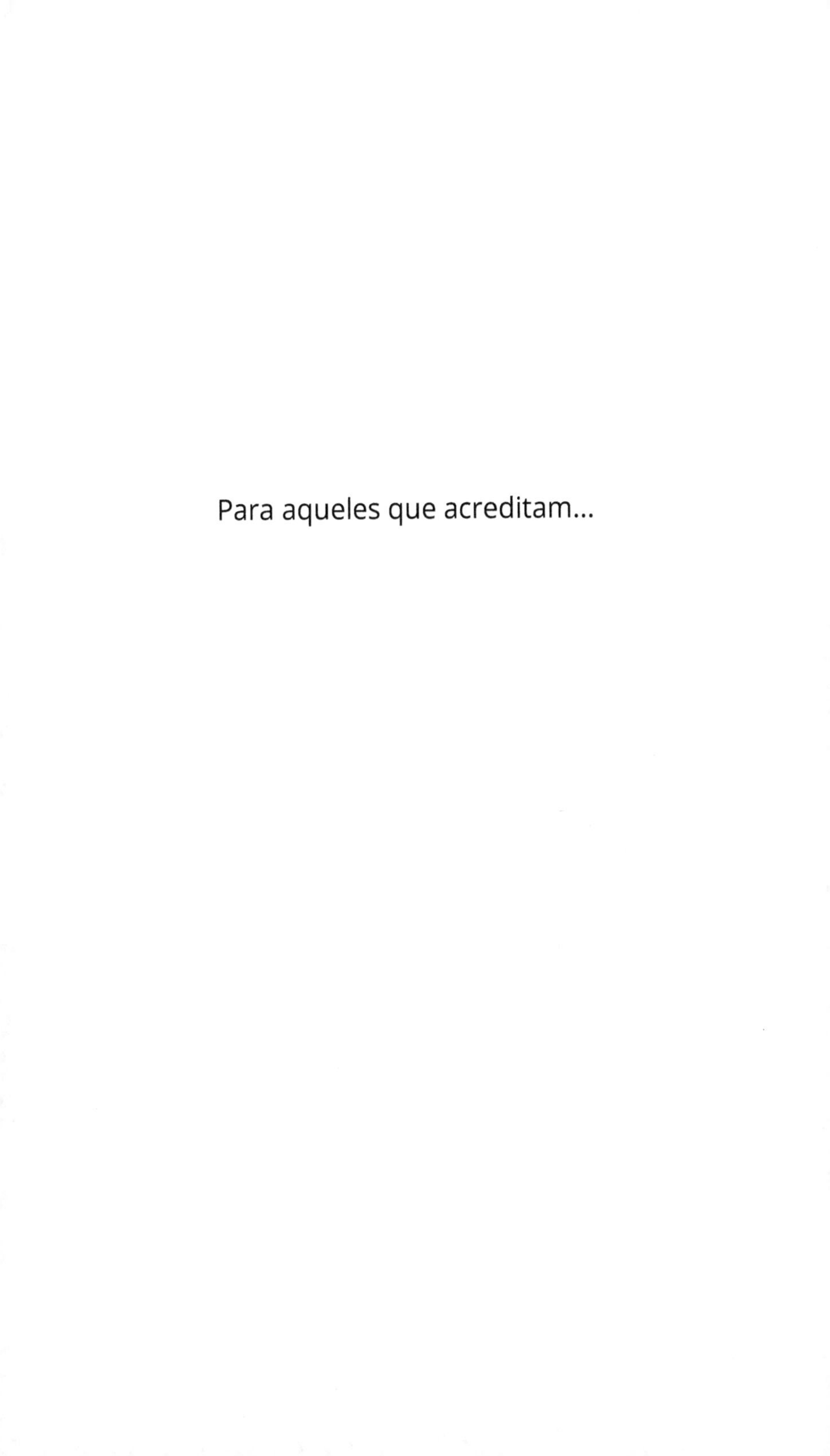

Para aqueles que acreditam...

"Um herói é um indivíduo comum que encontra forças para perseverar e resistir apesar dos obstáculos esmagadores."

Christopher Reeve

PRÓLOGO

Dois anos tinham passado e era o primeiro de dezembro, o décimo quinto aniversário de E-Z. Apesar de estar um frio de rachar lá fora, e de os flocos de neve se espalharem à sua volta, ele, a sua família e os seus amigos estavam determinados a fazer a sua festa no exterior, onde tinham uma fogueira para os manter quentes e um churrasco.

Agora que a Samantha e o Sam estavam casados, a casa dos Dickens estava ainda mais ocupada. Nunca havia um momento de tédio quando os amigos nos visitavam.

O casamento de Sam e Samantha tinha sido uma cerimónia pequena, realizada na Conservatória do Registo Civil. Lia foi a dama de honor, E-Z foi o padrinho e Alfred, o cisne trombeteiro, foi o porta-alianças.

A Lia tinha gozado com o Alfred porque ele estava vestido com um laço azul-marinho e nada mais. Alfred não se deixa abater por esta atenção, pois sabe que está em boa companhia com outros, como antigos Primeiros-Ministros britânicos.

"Se o grande Winston Churchill achava que um laço era bom o suficiente para ele, então é bom o suficiente para mim! disse Alfred.

"Também fumava um charuto bem grande!" disse E-Z. "Espero bem que não comeces a fumar um desses também."

Lia riu-se.

"Os bifes estão prontos!" Sam chamou-te. "Se gostas deles mal passados, vem buscá-los agora.

Apenas Samantha se aproximou com o seu prato pronto. "O teu filho hoje quer mal passado," disse ela, dando palmadinhas na barriga.

"O que o meu filho quer, consegue", disse Sam, levantando um bife para o prato da mulher. Ela picou o meio enquanto o marido acrescentava uma batata cozida e alguns fios de espargos ao lado.

Samantha mastigou os espargos enquanto se dirigia para a mesa de piquenique. Tinha planeado o aniversário de E-Z ao pormenor e passou muito tempo a decorar a própria mesa com objectos temáticos de Feliz Aniversário. Senta-se e corta a batata assada ao meio, depois junta-lhe natas azedas, cebolinho, manteiga e umas pitadas de sal.

E-Z, Lia, Alfred, PJ e Arden ficaram na mesa porque estava mais quente perto da fogueira. O Tio Sam não gostava que as pessoas andassem por perto quando ele estava a fazer o churrasco, por isso não se meteram no seu caminho. Além disso, todos gostavam das suas estacas bem passadas e isso também lhes dava a oportunidade de conversar sozinhos e pôr a conversa em dia.

"O que achas do nosso site de super-heróis?" perguntou E-Z.

PJ e Arden olharam um para o outro e depois encolheram os ombros.

"Anda lá", disse E-Z. "O que é que vocês acham mesmo dele? Sei que já viste o site, porque o Tio Sam ajudou-me a ver os dados. Não fazia ideia que podíamos descobrir tanta informação, como quem visita o nosso site, quanto tempo fica, o que vê. E reconheci os teus endereços IP. Então, diz-me o que achas disto?"

"Toda a verdade? Não te vais calar?" perguntou PJ.

"Verdade brutal?" acrescentou Arden.

"Sim," persuadiu E-Z. Baixa a voz para um sussurro. "O Tio Sam fez um excelente trabalho. Ainda assim, não estamos a apontar para o público certo, uma vez que não estamos a receber quase nenhum tráfego. Para além de vocês os dois e de um endereço IP localizado em França, quase não tivemos visitas.

"Algumas pessoas, como tu, voltaram e verificaram o site algumas vezes, mas não ficaram por muito tempo. O Tio Sam sugeriu que talvez devêssemos começar uma newsletter, pedir às pessoas que se inscrevam e enviar-lhes actualizações, mas não sei. Hoje em dia, toda a gente faz boletins informativos e isso parece dar muito trabalho. O Tio Sam mostrou-me que já se inscreveu em cerca de cinquenta!

"Quanto aos pedidos de ajuda - que é a razão pela qual criámos um sítio Web - até agora só nos pediram para fazer coisas que as autoridades locais, como a polícia e os bombeiros, tratam. Não me agrada a ideia de nos apressarmos a salvar um gato numa árvore e os bombeiros aparecerem com todo o equipamento para fazer o mesmo trabalho. É ineficaz para eles e para nós. E é embaraçoso quando eles aparecem mesmo quando estamos a acabar. O tempo deles é valioso - eles salvam vidas todos os dias. É uma falta de respeito, se é que me entendes? Eles estão a salvar vidas e estão de serviço 24 horas por dia.

"Acho que precisamos de pedidos para estarmos fora dos seus domínios, para não os fazermos perder tempo ou tornar o seu trabalho mais difícil do que já é. Desculpa este discurso tão longo, mas quando penso em tudo o que eles fizeram, depois do acidente com os meus pais..."

PJ e Arden aproximaram-se e sussurraram. Não queriam ferir os sentimentos de Sam - afinal, não eram especialistas - nem correr o risco de ele os ouvir e queimar os seus bifes até ficarem estaladiços.

"Percebemos perfeitamente o que queres dizer", disse PJ. "Além disso, a polícia e os bombeiros são serviços essenciais e são pagos para salvar pessoas. Enquanto vocês são voluntários".

"Por isso, o site deles e a sua presença online nas redes sociais é diferente da tua", disse Arden. "E eles têm muito pessoal, a vários níveis, para manter e atualizar tudo.

"Enquanto o teu site precisa de algo mais super-heroico - se é que isso é uma palavra - e menos corporativo. Como as lendas, aqueles a quem segues os passos. Olha para alguns dos sites criados para eles - e são personagens de ficção. Imagina o que podíamos fazer se seguíssemos o exemplo deles", disse Arden.

"Como o quê? Sei que vocês têm algumas ideias, por isso partilhem-nas", disse E-Z.

"Bem, como deves ter percebido, fizemos um brainstorming entre nós os dois. E criámos um site de teste - não está no ar e não estará até o aprovares - do que poderia ser o teu site. Está no meu telemóvel. Olha e vê o que queremos dizer e pensa nas possibilidades, porque isto foi feito por nós muito rapidamente." PJ carregou no start. Os Três inclinaram-se.

No ecrã, primeiro apareciam as palavras: "Bem-vindo ao site de super-heróis dos Três". Depois faz zoom no E-Z em forma de animação. Estava sentado na sua cadeira de rodas, como seria de esperar, com uma t-shirt preta, calças de ganga azuis e um par de ténis de corrida.

E-Z afagou o cabelo quando viu como a risca preta no meio do seu cabelo louro parecia uma garrafa. Nunca se habituou a isso.

"O que é isso na minha camisa, calças de ganga e sapatos? É um logótipo? E como é que me transformaste num desenho animado?"

"Sim, é um logótipo. Achámos que a asa de anjo era fixe e apropriada", disse Arden.

"Usámos uma aplicação para te transformar num desenho animado", disse PJ. "Fizemos alguma edição, nos teus braços. Espero que não tenhamos exagerado."

E-Z's olhou mais de perto enquanto a versão animada de si próprio cruzava os braços. Agora, os seus antebraços mais volumosos chamaram-lhe a atenção e as suas bochechas coraram. Parecia um idiota, um poser. Será que os teus amigos achavam mesmo que ele ficava melhor assim? Abalou-se ao ver aparecer E-Z nas asas do ecrã. Paira no ar e aponta.

Apresenta-te pela primeira vez a Lia. Ela chegou também em forma animada. Lia estava vestida da cabeça aos pés com um macacão roxo com um tutu. O seu cabelo loiro estava preso num rabo-de-cavalo e tinha uns óculos de sol roxos por cima dos olhos. Ela parecia saltitante, amigável e bonita enquanto atravessava o ecrã. Vira-se e pára, como uma modelo numa passerelle, e faz uma pose.

E-Z riu-se; não conseguiu evitar.

"Bem, pelo menos não pareço um poser com músculos falsos!", disse ela.

E-Z não comenta.

Lia animada estendeu os braços para a frente, com as palmas das mãos viradas para o chão. Depois, voilá, vira-os. O olho esquerdo da palma da mão abriu-se, seguido do direito. Em sincronia, piscam os olhos. Lia manteve a pose e depois assobiou por entre os dedos.

"Quem me dera conseguir fazer isto!", disse, tentando imitar a versão animada de si própria.

E-Z assobiou.

"Mostra-te", disse ela, dando-lhe uma cotovelada.

Agora a Pequena Dorrit apareceu no ecrã. Era elegante e feminina, e branca como a neve. O unicórnio voou até à Lia, aterrou e baixou a cabeça para que a menina lhe pudesse fazer festas. Lia saltou para cima e a Pequena Dorrit voou ao lado de E-Z. Eles pairaram, depois viraram a cabeça.

Esta foi a deixa do Alfred. Em forma de desenho animado, o seu bico cor de laranja brilhante parecia brilhar à luz. Contrastava diretamente com o seu laço vermelho maçã doce. Enquanto caminhava em direção à Lia e ao E-Z, os seus pés palmados faziam barulho como se fossem ventosas.

"Os meus pés não fazem esse som! disse Alfred.

"E-Z disse com um sorriso, enquanto o Alfred no ecrã abria as asas e voava para o lado dos seus dois camaradas.

Os três posaram. E-Z estava no meio, de frente para Lia, à esquerda, e Alfred, à direita. Depois aconteceu. Os Três - bem, a Lia e o E-Z puseram o polegar para cima. O Alfred, por sua vez, fez um gesto de asas para cima.

"Isto é embaraçoso", sussurra E-Z a Alfred.

"Não brinques!"

"Shhhh", disse Lia quando a voz no ecrã começou a ser ouvida. Era a voz de Arden, mas o tom era mais baixo. Parecia um apresentador de um concurso.

"Se precisares de um super-herói... E-Z, Lia e Alfred - também conhecidos como Os Três - estão ao teu dispor vinte e quatro horas por dia, sete dias por semana. Liga para ***-***-**** ou envia uma mensagem através das redes sociais.

Quando precisares de alguém para te ajudar... Liga para Os Três. Eles estarão lá para ti... imediatamente. Podes contar com eles... porque são os melhores que vais ver. Vinte e quatro horas por dia, sete dias por semana... satisfação garantida."

"E agora o grande final", disse Arden.

Os Três cruzaram os braços sobre o peito. Alfred dobrou as suas asas.

"Não é possível," disse Alfred.

"Shhhh", disse Lia.

Cada um com o queixo para a frente, um a seguir ao outro, os Três fizeram uma pose.

PJ faz uma pausa.

"Tendo em conta o que disseste sobre as jurisdições, talvez precisemos de mudar esta parte", disse ele. Carrega no start.

"Nenhum trabalho é demasiado grande ou pequeno para nós!" Diz uma versão computorizada da voz de E-Z.

Depois, um círculo no centro do ecrã deu voltas e mais voltas, como um wi-fi a tentar encontrar um sinal. Agora a palavra BAM! enche o ecrã. Depois a palavra SOCKO!

Viram o E-Z a salvar um gato que estava preso numa árvore.

"Oh, irmão", disse ele.

A voz da sua personagem animada continua.

"Nós somos os Três

Estamos aqui para ti!

Gato preso numa árvore...

Nós tiramo-lo de lá por ti!"

E-Z foi mostrado a entregar o gato resgatado a uma família.

"Uh, isso nunca aconteceu," disse ele.

"Usámos um pouco de licença poética", admitiu Arden.

"Podemos consertar tudo o que não gostares", disse PJ.

Agora o círculo voltou a aparecer no ecrã, dando voltas e mais voltas. Quando parou, o ecrã encheu-se com a palavra BANG! Seguida da palavra ZIP!

No ecrã, o E-Z animado salvou um avião cheio de passageiros. Quando pousou o avião, centenas de observadores que aguardavam na pista aplaudiram.

"Agora sim", disse ele.

"Shhh", disse a Lia.

No ecrã, E-Z disse,

"Porque somos teus amigos!

Os nossos serviços são gratuitos.

24/7

Porque nós somos Os Três!"

Volta a fazer círculos, sempre à volta. Segue-se o BINGO! E BAM!

Agora o salvamento na montanha russa foi recriado em forma de animação. E foi muito bom. Tão bem que conseguiam cheirar o algodão doce e o milho caramelizado.

"Oh!" disse E-Z.

A Lia aplaudiu.

Alfred abanou o pescoço de um lado para o outro, como se tivesse sido recentemente borrifado com água muito fria.

"Adoro-o! disse Lia. "E obrigada por incluíres a minha cor preferida. Como é que sabias?"

"Reparei que a usas muitas vezes", disse PJ. As suas bochechas coraram. "Ainda bem que gostas."

"O que achas, E-Z?" perguntou Arden.

Alfred olhou na direção de E-Z.

"Foi, uh," disse E-Z, "uh... um bom esforço."

"O jantar está pronto, vem buscá-lo!" Sam chamou-te.

"Deixa o aniversariante ir primeiro", disse Samantha.

E-Z atravessou o pátio com Alfred.

"Olha o timing perfeito", disse ele.

"Sim, aqueles dois continuam a ser uns idiotas", responde Alfred.

"Mas o coração deles está no sítio certo. É uma ideia inteligente, mas um pouco exagerada para nós."

"Um bocadinho?" O Alfred gritou.

"Está bem, muito, mas eles tentaram. Podemos ficar com o que gostamos e livrarmo-nos do resto."

Quando todos tinham a sua comida, sentaram-se à mesa de piquenique e comeram. O céu mudou e estrelas brilhantes encheram os céus à volta deles. Comeram até se fartarem, depois a Samantha trouxe o bolo de aniversário que tinha feito e todos cantaram "Parabéns!"

"Fala! Fala!" Arden gritou e logo todos se juntaram a ele.

E-Z pensou durante alguns segundos.

"Obrigado por tornares o meu décimo quinto aniversário especial. Gostaria de tirar um minuto para recordar a minha mãe e o meu pai e para partilhar contigo uma recordação do meu aniversário. Se não te importas? Prometo-te que não vou ficar muito lamechas".

Todos acenaram com a cabeça.

A Samantha, desde que engravidou, estava sempre a chorar. Quer fossem lágrimas de felicidade ou de tristeza, limpou uma antes mesmo de ele começar. "Eu estou bem", disse ela, enquanto Sam a abraçava.

"Não te preocupes, foi no meu quinto aniversário. Eu não queria uma festa e pedi para ir ver um filme. Em vez de ires ao jornal para saberes o que estava a dar, decidimos aparecer e decidir o que ver na hora. E disseram que eu podia escolher, porque era o aniversariante".

Fecha os olhos por um segundo.

Volta a estar ali no teatro. Lá estava a mãe, toda agasalhada com uma parka. Tinha os protectores de ouvido postos e esfregava as mãos como sempre fazia. A mãe usava sempre luvas e queixava-se que os seus dedos ficavam frios.

O pai tinha o seu casaco azul pelo joelho sobre umas calças de ganga. Não gostava de usar chapéu na cidade, porque lhe estragava o cabelo. As suas mãos não tinham luvas. Enfiadas no bolso do casaco com as chaves.

E-Z cheirou o ar. Conseguia sentir o cheiro das pipocas amanteigadas dentro do cinema, à espera que eles entrassem e as pedissem.

Eles estavam a olhar para os cartazes.

"O que achas daquele?", diz a mãe.

"Não, o E-Z prefere aquele?", diz o pai.

Volta a abrir os olhos.

Em vez de estar no quintal com a sua família e amigos, estava de novo no silo. Não voltava lá desde que os arcanjos renegaram o seu acordo.

"Feliz aniversário!", exclamou a voz na parede.

Abre-se um painel na parede ao lado dele e sai um cupcake. No topo lia-se: "Feliz aniversário, E-Z". No centro havia uma única vela já acesa.

"Aproveita!" disse a voz, deixando cair uma faca e um garfo na mesa ao lado dele.

"Obrigado", disse ele. "Porque é que estou aqui?

"O tempo de espera é de quatro minutos", disse a voz irritante. "Por favor, fica sentado."

Como se ele tivesse alguma escolha no assunto.

CAPÍTULO I
ANIVERSÁRIO INTERROMPIDO

E-Z não tocou no queque que estava à sua frente, embora parecesse e cheirasse bem. Pergunta-se o que se passará na sua festa. Pelo menos sabia que não podiam cortar o bolo até ele soprar as velas e pedir um desejo. Uma festa de anos em casa quando ele nem sequer lá estava!

"Tira-me daqui!", grita ele. "Estou a perder a minha própria festa de quinze anos e estava a meio de uma história."

O telhado do silo abriu-se e a Eriel voou em direção a ele como um relâmpago numa tempestade.

"É bom voltar a ver-te, ex-protegido", disse ele.

"O sentimento não é mútuo. Porque é que estou aqui? Pensei que já tinha acabado contigo e é o meu aniversário - preciso de voltar ao trabalho."

"Sim, peço desculpa pela altura - mas não podíamos deixar passar o teu aniversário sem ao menos te desejar um bom aniversário."

"Uh, obrigado, acho eu."

"E já que estás aqui, porque não comes o teu bolinho de aniversário? E não te esqueças de pedir um desejo - vais precisar de toda a ajuda que conseguires!", disse o arcanjo com um risinho.

Ao lado de E-Z, abriu-se uma janela e saiu um braço mecânico com um fósforo aceso. Acendeu o pavio, depois recuou para dentro da parede tão rapidamente que o fósforo se apagou sozinho. Perguntou-se o que significava aquele último comentário, mas achou que Eriel estava a brincar com ele. O teu cérebro ficou em branco. Não conseguia pensar numa única coisa para desejar. Para além disso, estava de volta a casa com os amigos e a família a celebrar o seu aniversário. Quando apaga a vela, Eriel começa a cantar. Era uma interpretação estrondosa de: "Porque ele é um bom rapaz, isso ninguém pode negar".

"Sem ofensa", disse E-Z, "mas é suposto cantares os parabéns".

"O que conta é o pensamento", disse Eriel. "Agora que já concluímos a parte da tua visita relativa ao aniversário, gostaríamos de saber se já resolveste o enigma.

"Enigma? Que enigma?"

"Sim, sugerimos que tentasses fazer ligações - nos teus julgamentos anteriores. Lembras-te quando dissemos que não te queríamos dar de comer à colher? Tiveste sorte em fazê-lo?"

"Não me pareceu uma prioridade ou um enigma para resolver, especialmente depois de teres recusado a tua oferta. Mas sim, estava a escrever no meu caderno, a fazer um registo das coisas que fizemos até agora, e encontrei algumas ligações a jogos, mas foram pura coincidência."

"Coincidência! Não me digas. Os incidentes estão ligados - qualquer um pode ver isso!" Eriel disse, mantendo a voz baixa para não perder a calma.

"Desculpa, mas as coincidências acontecem a toda a hora. Sabes quantas crianças jogam jogos de computador? Fiz uma pesquisa online. Em 2011, dizia que noventa e um por cento das crianças entre os dois e os dezassete anos jogam todos os dias. São cerca de sessenta e quatro milhões de crianças em todo o mundo".

Ah, então já te focaste no assunto. Então já te concentraste nisso. Isso é bom. Descobriste mais alguma coisa sobre o assunto? Ou alguma preocupação que possas ter? Alguma razão para fazeres mais investigação - a investigação é boa. A iniciativa é muito, muito boa."

"Não. Estou muito ocupado, com outras coisas - a escola e isso. Além disso, se queres que eu continue a investigar, primeiro tens de me convencer de que é mais do que uma coincidência. Mas vi mais algumas estatísticas. Por exemplo, há mais raparigas gamers do que nunca. Muitas criaram negócios no YouTube e estão a ganhar a vida. Não são crianças, claro, mas pelas estatísticas que li online, em 2019, 46% dos jogadores são raparigas".

Eriel bateu com o dedo comprido e ossudo no queixo, como se estivesse a ponderar o que E-Z lhe tinha dito. "Ah, mais uma vez estou impressionado. Não achas essas estatísticas preocupantes?"

"Não, não acho. Inspira profundamente, perdendo a paciência com a perda do seu aniversário. "Não podes trazer-me aqui? Não me podes trazer aqui noutra altura? Nada do que estamos a falar parece crítico."

Eriel parou de tocar e a sua sobrancelha direita levantou-se. Olha fixamente para o aniversariante.

"Ou será que não?" E-Z perguntou-lhe.

Eriel esperou antes de responder. Enrola a língua à volta das palavras, como se tivesse dificuldade em fazê-las sair. Subiu o tom da voz para soprano e disse: "An-y-thin-g el-se a-bou-t tho-se t-wo in-ci-de-nts? Queres usar uma arma? Para te arranjar um desejo?"

E-Z desejava que Eriel dissesse tudo e fosse direto ao assunto. Não queria envergonhar-se por dizer o óbvio ou por estar errado.

"O Rafael tinha razão, tu és um bocado grosso".

"Olha!" gritou E-Z. "Se precisas da minha ajuda, estás a tentar obtê-la de uma forma muito estranha." Passa o dedo pela cobertura do queque e chupa-o. Sabe bem, como algodão doce. Sabia bem, como algodão doce. "Estás a matar. Um estava a tentar matar-me, e o outro estava a matar pessoas numa loja. Ambos disseram que os seus motivos estavam relacionados com o jogo."

"Acertaste em cheio", disse a Eriel.

"E?"

"Esquece!" Eriel desaparece pelo teto, cantando: "Grosso como um tijolo, grosso como um tijolo, grosso como um tijolo".

E-Z levanta os punhos no ar. "Volta aqui e diz isso na minha cara!"

O riso de Eriel soou, fazendo ricochete nas paredes.

PFFT.

"Uh, obrigado," disse E-Z, e depois deu por si em casa, na sua festa. Toda a gente estava ocupada, a jogar jogos, a fazer as suas próprias coisas - como se ele não estivesse lá - o que não era o caso.

Observa enquanto Sam joga a sua vez na bola da escada. Ele não era particularmente bom nisto, mas E-Z foi até lá e assistiu à sua segunda tentativa na mesma. Depois de ter terminado o seu lançamento, falhando completamente o alvo, foi para o lado do sobrinho.

"Vejo que ainda estás a tentar apanhar o jeito a este jogo", disse E-Z.

"Sim, é um talento adquirido. A propósito, onde é que foste?

"O Eriel queria desejar-me um feliz aniversário, entre outras coisas."

"Foi simpático da tua parte. Não achas?"

"Bem, tu conheces o Eriel. Nunca faz nada sem um motivo. Neste caso, queria que eu fizesse uma ligação com base numa memória."

"Uma memória de quê? Dos teus pais? O acidente?":

"Não, ele queria que eu fizesse uma ligação entre dois dos instigadores do julgamento. O que, por acaso, fiz. Depois, foi-se embora, dizendo que eu era muito grosso.

"Que falta de educação!" Lia exclamou. Estava a ouvir desde que se aborreceu com o jogo de atirar bolas.

"E no teu aniversário também", disse Alfred. Ele estava ainda mais desesperado do que o Sam, pois tinha de atirar as bolas com o bico.

"Queres tentar? perguntou PJ, entregando a bola a E-Z, que reposicionou a cadeira em frente ao alvo e depois atirou a bola. Bateu no degrau superior, rodou algumas vezes e aterrou na posição de excelência.

"É assim que fazes! disse Sam.

"O PJ e eu temos estado a fazer lançamentos como este durante o jogo", disse Arden.

"Ah, mas tu não és meu sobrinho", respondeu Sam.

A festa continuou até ficar demasiado escuro para jogar mais jogos e todos decidiram não cantar. PJ e Arden foram para casa, enquanto E-Z e o resto do grupo foram para a cama.

CAPÍTULO II
PROBLEMA

Dois dias depois da festa de aniversário de E-Z, PJ e Arden viram-se numa situação um pouco complicada.

Foi a Lia que teve uma visão de que algo estava errado. Lembra a visão a Alfred e a E-Z: "Era como se estivessem em transe. E estavam ambos sentados nas suas secretárias, a olhar para ecrãs de computador em branco".

"Não há nada de invulgar nisso", disse E-Z. "Eles costumam jogar jogos juntos e talvez estivessem a dormir.

"Com os olhos abertos?"

"Ok, vamos até ali", disse E-Z.

"Estás a meio da noite!" exclamou Alfred.

"Mesmo assim, é melhor irmos ver o que se passa."

Os Três saíram de casa às escondidas, decidindo ir primeiro a casa do PJ, pois era a mais próxima.

"Acho que os pais dele não vão gostar de uma visita tão tardia", disse Alfrédo.

"Eles vão compreender", disse Lia, enquanto tocava à campainha da porta da frente.

Momentos depois, um homem muito sonolento, esfregando os olhos, abre a porta em pijama - o pai de PJ.

"Quem é?", diz a mãe lá de dentro.

"São os amigos do PJ", diz o pai. "Passa-se alguma coisa?

"Desculpa incomodar-te, mas precisamos mesmo de ver o PJ. É urgente."

"Então é melhor entrares", disse o pai do PJ.

CAPÍTULO III
MAIS CEDO

Ao início da noite, PJ e Arden tinham estado a trabalhar no site dos super-heróis. Actualizaram a informação e acrescentaram alguns elementos novos.

No passado, quando chegava um pedido de assistência, era enviado um e-mail para a caixa de entrada. Da próxima vez que alguém se ligava, via-o e respondia em conformidade. Com o novo sistema, E-Z, Arden e PJ receberiam mensagens de texto instantaneamente.

Para além disso, a pessoa que pedisse o pedido receberia uma resposta automática com a hora marcada. PJ e Arden estavam certos de que esta atualização automática aumentaria a confiança e traria mais tráfego para o sítio.

PJ e Arden também criaram um canal no YouTube com um podcast. Era algo novo que tinham inventado numa séssão de brainstorming. Estavam entusiasmados por contar à E-Z. Seria uma excelente forma de aumentar a presença online dos The Three. Criaram também um quadro comunitário para discussão aberta.

O sistema também categorizou as mensagens recebidas. Por exemplo, salvar um gato de uma árvore. Os Três tinham recebido vários pedidos para este serviço. Uma vez que os funcionários locais estavam mais preparados para responder a estes pedidos, PJ e Arden transformaram-no num Código Azul.

Um Código Azul significava que, quando o E-Z chegasse para resgatar o gato, este já tinha sido resgatado. Um Código Azul indicava que devias esperar, para ver se a situação estava resolvida, antes de saíres.

Um Código Amarelo pode significar que alguém se esqueceu das chaves ou trancou as chaves dentro do carro. Mais uma vez, quando o E-Z chegou ao local, a situação já tinha sido resolvida. Mais uma vez, o conselho era esperar e verificar antes de sair.

Ao categorizar os azuis e os amarelos, E-Z e a sua equipa poderiam concentrar-se nas chamadas mais importantes, ou seja, os códigos vermelhos.

Um Código Vermelho era quando vidas ou membros estavam em perigo. Desde que o site foi criado, Os Três não tinham recebido nenhum pedido desta categoria.

Satisfeitos com o que tinham conseguido fazer, decidiram desabafar. Entraram num jogo multijogador.

"Três raparigas", escreve PJ para Arden.

"Nós podemos com elas!", responde ele.

O jogo começa e, no início, tudo se passa como sempre. Eles estavam a dar cabo das raparigas, subindo de nível em nível, matando tudo à vista. Depois, de repente, tudo pára.

CAPÍTULO IV
LUGAR DO PJ

Agora, Os Três e os pais de PJ dirigiram-se pelo corredor até ao quarto dele. O que viram foi quase tudo o que Lia tinha imaginado. A diferença é que o ecrã do computador ainda estava ligado. Estava a piscar e a piscar enquanto o PJ parecia estar a dormir profundamente.

"O que é que se passa com ele?" perguntou a mãe do PJ. "Devias estar na cama a dormir. Olha para a postura dele. Provavelmente está desidratado. Vou buscar-te um copo de água.

O pai de PJ atravessou o quarto e abanou os ombros do filho. Esperava que o filho acordasse, mas ele não acordou. Em vez disso, escorregou na cadeira e teria caído no chão se o pai não o tivesse apanhado. Pega no filho ao colo e deita-o na cama.

A mãe de PJ regressou, colocou a água na mesa de apoio e encostou os lábios à testa do filho. "Não tens febre", diz ela.

O pai de PJ levantou a pálpebra direita do filho e viu que só o branco dos olhos era visível. "Liga para o 112", exclama.

"Não, acho que devíamos chamar o nosso médico de família, o Dr. Flannel", disse a mãe do PJ. "Já cá veio antes para uma consulta ao domicílio. Quando é uma emergência - e isto é definitivamente uma emergência."

"Sra. Pega", disse E-Z, "ele vai ficar bem".

"Claro que vai", respondeu ela, enquanto o Sr. Handle saía da sala para chamar o Dr. Flannel".

Quando ele regressou, esperaram todos juntos em silêncio, observando o PJ enquanto dormia. Como se esperassem que ele se levantasse e começasse a fazer palhaçadas. Seria típico dele estar a brincar. Enganava-os.

O Sr. Pega estava irrequieto, balançando a perna para cima e para baixo enquanto estava sentado. Levantou-se, atravessou a sala e baixou-se para olhar para o disco rígido. Levantou o pé, como se o fosse chutar, mas no último minuto mudou de ideias e tirou o cabo da tomada.

Eles ficaram a olhar, enquanto o Sr. Pega começava a tremer por todo o corpo, até que deixou cair a ficha. Vira-se e caminha na direção deles. Atrás dele, o fumo saía do disco rígido. Segundos depois, o ecrã do monitor partiu-se.

"Pega no extintor!" Alfred chamou, mas E-Z já tinha pegado no copo de água e atirou-o para a caixa. A água chiou e juntou-se ao ecrã, ambos absolutamente mortos.

A mãe de PJ correu para o marido e ajudou-o a sentar-se. "O médico também te pode ver quando chegar", disse ela. "Tens muita sorte. Não consigo lidar com os teus dois feridos".

"Eu estou bem," disse o Sr. Pega.

Mas para Os Três ele não parecia estar bem. Estava pálido, um pouco verde e um pouco cinzento.

"Não te preocupes," disse o Sr. Pega. "Obrigado por pensares rápido, E-Z." Depois, para a mulher: "Ainda bem que trouxeste a água."

"O PJ vai ficar muito zangado quando vir que o seu computador está estragado."

"Olha, olha", disse o Sr. Pega. "Ele vai compreender.

Ele estava claramente a sentir-se melhor, pois Os Três repararam que a sua respiração tinha voltado ao normal, assim como a sua palidez.

Como tudo parecia em ordem, E-Z mencionou Arden. "Enquanto esperas pelo médico, temos de ir ver como está o Arden. Achamos que ele pode estar numa situação semelhante.

"Eles costumam jogar juntos, mas o que é que pode ter causado isto?" perguntou Mr. Handle.

"Não sei, mas importas-te que eu vá ver o Arden?"

"Podes ir," disse a Sra. Handle.

"A Lia fica aqui contigo," disse E-Z. "Ela pode manter-nos informados e, se precisares de nós, nós voltamos logo."

"Obrigado, E-Z, e Alfred," disse o Sr. Handle, enquanto os acompanhava até à porta da frente.

CAPÍTULO V
LUGAR DO ARDEN

E-Z e Alfred dirigem-se a casa de Arden. Antes mesmo de baterem à porta, o pai de Arden, o Sr. Lester, abriu a porta.

"Como é que sabias?", pergunta.

E-Z não lhe podia dizer a verdade. Em vez disso, improvisa uma mentira. "Fui o melhor amigo do Arden toda a minha vida, por isso sei quando algo está errado. Posso falar com ele?"

"Claro, entra no quarto dele", disse a mãe de Arden, a Sra. Lester. "Não te assustes. Só está a dormir. Fica bem de manhã."

O Sr. Lester pegou na mão da mulher e levou-a pelo corredor até ao quarto onde Arden estava a dormir profundamente.

"Oh," exclamou Alfred, quando o viu. "Parece que está em choque.

"Olha por baixo das pálpebras", disse o Sr. Lester.

E-Z puxou a pálpebra do seu amigo para trás. A pupila de PJ era visível, mas estava maior e parecia que podia explodir para fora da órbita a qualquer momento. Volta a fechar a pálpebra sobre ela.

Alfred Hoo-hoo'd. Foi isso que os Lesters ouviram. O que ele disse foi: "O que é que te causaria isso? Medo? Ou algo mais sério, como um ataque?"

E-Z encolheu os ombros sem responder. Os Lesters já estavam assustados e stressados o suficiente, além de que tudo o que estariam a fazer seria adivinhar.

"Onde é que o encontraste exatamente?" perguntou E-Z.

"Ele estava sentado em frente ao computador", diz a Sra. Lester.

"O ecrã estava ligado?", perguntou ele.

"Sim, estava", disse o Sr. Lester. "Telefonámos ao nosso médico de família. Ele está ocupado agora, noutra chamada, mas vai voltar a ligar-nos."

"Já chamaram um médico em casa do PJ, um tal de Doutor Flanela. Deixa-me ligar à Lia e ver se ele já fez um diagnóstico."

"São quase iguais", disse ele.

"O que queres dizer com quase?"

Saiu do quarto com uma roda. Não havia necessidade de preocupar os Lester mais do que já estavam. Sussurrou para o telefone: "As pupilas dele ainda são visíveis, mas estão enormes. Parecem feridas, prestes a rebentar!"

"Oh, que nojo!" disse Lia. "Talvez devesses ir para o hospital?" "Ligaram para o médico de família, mas ele não está disponível. Por isso, avisa-me assim que o Dr. Flannel der a sua opinião e eu transmito-lha. Talvez queiras falar-lhe do olho do Arden e ver se ele aconselha a hospitalização imediata."

"Podes crer. Depois entro em contacto contigo."

Explica tudo aos Lesters. Eles olhavam para a frente, com os rostos vazios. Preocupa-se com a forma como estão a reagir a tudo isto.

"Alguém quer uma chávena de chá?" perguntou a Sra. Lester.

"Não, obrigado", disse E-Z. A Sra. Lester era uma daquelas mães que acreditava que o chá podia resolver a maioria dos problemas.

O Sr. Lester seguiu a sua mulher até à cozinha.

"Não costumas participar nos jogos deles?" perguntou Alfred, agora que ele e E-Z estavam a sós com Arden.

"Às vezes", disse E-Z, "mas ultimamente, quando tenho algum tempo livre, passo-o a escrever. Hoje em dia, não tenho muito tempo para mim.

"Compreensível. Desculpa se ando muito por aqui".

"Não, não faz mal. Tenho de me organizar melhor. Os trabalhos da escola estão a ficar mais complicados, sabes que estamos a caminho de uma carreira e da licenciatura. Eles querem que saibamos para onde vamos e nós ainda nem sequer sabemos onde estamos."

"Lembro-me desses dias, mas hás-de descobrir. De qualquer forma, ainda bem que não estavas a jogar o jogo com eles - senão podias estar no mesmo estado em que eles estão."

"É verdade. Não consigo imaginar o que os poderia assustar tanto... se foi isso que aconteceu. Quero dizer, um jogo é um jogo - não é a realidade. Deve ter sido uma competição e tanto."

Os Lesters voltaram para o quarto do filho.

"O que é que aconteceu?" Mrs. Lester gritou.

As pálpebras de Arden estavam agora abertas, revelando interiores totalmente brancos. Tal como PJ, as suas pupilas tinham desaparecido.

E-Z teve uma sensação de déjà vu quando o Sr. Lester atravessou o quarto e se baixou para desligar a ficha da tomada.

"Pára! gritou E-Z. "Não lhe toques!

O Sr. Lester congelou no sítio.

"O Sr. Pega quase foi eletrocutado quando lhe tocou. O melhor a fazer é deixá-lo em paz."

"Oh, ainda bem que estavas aqui e me avisaste," disse o Sr. Lester.

"Sim, obrigado, E-Z. Não conseguiria lidar com isso se o meu filho e o meu marido estivessem ambos feridos. Não conseguiria." Atravessa a sala e abraça o marido.

"Depois, o computador dele avariou, o ecrã partiu-se e saiu fumo", explica E-Z. "Por isso, o computador do PJ está queimado, frito, torrado.

Enquanto que o computador do Arden ainda está intacto. Se descobrirmos como entrar nele - em segurança - talvez consigamos descobrir o que lhes aconteceu. Primeiro, tenho de ligar ao Tio Sam e pedir-lhe ajuda. Ele é um técnico de informática, por isso saberá o que fazer."

"Espera", disse a Sra. Lester. "Estás a dizer-nos que tanto o PJ como o Arden são iguais?"

Ele acenou com a cabeça.

"Eu sempre disse que os computadores eram maus!", disse ela. "O meu Arden é um atleta. Devia estar a praticar desporto e não sentado ao computador a perder tempo." Ela chorou no peito do marido e ele abraçou-a.

"Os computadores são necessários para a escola", disse o Sr. Lester. "O nosso filho não fez nada de mal e tenho a certeza de que vai voltar a ser o que era antes. Precisa de fechar um pouco os olhos. Descansa um pouco, só isso. Vai ficar bem."

Alfred Hoo-hoo'd.

E-Z recebe uma mensagem no seu telemóvel. "A Lia diz que o Dr. Flannel lhes disse para deixarem o PJ onde está. Diz que os olhos dele devem voltar ao normal por si próprios. Diz que o PJ não parece estar com dores. Diz que o PJ não parece ter dores. Precisa de descansar."

"Obrigado", disse o Sr. Lester.

"Obrigada por teres vindo", disse a Sra. Lester. "Nós avisamos-te se houver alguma alteração."

E-Z e Alfred saíram depois de uma longa visita e encontraram-se com Lia e foram todos juntos para casa.

"Não consigo deixar de pensar", disse E-Z, "se esta coisa com o PJ e o Arden é para ser um teste. A Eriel deu-me a entender que eu devia estar preocupado com alguma coisa. Que eu deveria até querer ir atrás disso. Se for, não sei como hei-de resolver o problema. Tens alguma ideia? Para além de pedires ao Tio Sam para nos ajudar a entrar no computador do Arden, estou completamente perdido."

"É estranho, se for um julgamento", disse Alfred. "Porque os julgamentos são uma coisa do passado, não são?

"Mas se PJ e Arden estão feridos, então não tenho outra escolha senão envolver-me. Mesmo que os arcanjos tenham renegado o nosso acordo."

"Parecem ambos tão fora de si. O que é que eles esperam que tu faças? Não é como se tivesses poderes curativos ou algo assim", disse Alfred.

"Mas tu tens!" disse Lia.

"Tenho, mas quando são utilizáveis. Eu tentei comunicar com as tuas mentes. Mas era como se estivessem vazias. Não conseguia chegar até elas. Para os curares, teria de haver algum tipo de ligação. E não havia nada com que me pudesse ligar.

"Continuo a perguntar-me se devo pedir ajuda à Ariel. Ela é o Anjo da Natureza. Talvez haja algo que ela possa sugerir, ou algo que ela possa fazer que eu não possa."

"É uma ideia prometedora", disse E-Z.

UAU!

Ariel chegou.

"O que é que se passa?", pergunta.

Alfred explica-te a situação.

E-Z perguntou se isto era um julgamento que os arcanjos estavam a tentar fazer à posteriori.

"De qualquer forma, tens de ajudar os teus amigos", disse ela. "Tu queres ajudá-los, não queres?

"Claro que quero, mas o que tenho de fazer, a ação que tenho de tomar num julgamento é normalmente mais óbvia.

"Não ouvi sussurros sobre não seres capaz de tomar iniciativa?" Ariel perguntou.

"Estás a sugerir?", perguntou E-Z, mantendo a voz baixa para não perder a calma. "Estás a sugerir que os arcanjos puseram os meus amigos em coma para testar a minha iniciativa?

Ariel sorriu. "Não, não estou a sugerir nada disso. Mas, se fosse um teste, o que farias para os ajudar?"

"Quando me põem uma prova à frente, o meu cérebro entra em ação. Sei o que fazer para o resolver e vou em frente e faço-o. Neste caso, não faço ideia do que fazer para o resolver. Eles estão em perigo médico. Eu não sou médica."

Ariel cruzou os braços. "O que é que tentaste, Alfred?"

"Tentei ligar-me à mente de ambos. Normalmente, se consigo curar humanos ou criaturas, existe uma ligação - uma que não foi quebrada por uma força externa. Em ambos os casos, foi como se a porta se tivesse fechado e eu não a conseguisse abrir."

"Então respondeste à tua própria pergunta", disse Ariel. "Posso ajudar-te em mais alguma coisa?"

"Não foste propriamente uma ajuda", disse Lia.

O Alfred pediu desculpa.

E A ARIEL DESAPARECEU.

E a Ariel foi-se embora.

"Não devias falar com ela assim", disse o Alfred. "Se ela nos pudesse ajudar, teria ajudado."

"Desculpa, mas é frustrante quando eles não sabem mais do que nós. São arcanjos! Deviam saber algo que nós não sabemos, senão para que servem?" perguntou Lia.

"Queres dizer que Haniel é sempre capaz de resolver qualquer problema?

Lia encolhe os ombros. "Não tenho tido muitos para discutir.

E-Z disse: "Eriel é inútil. Sempre que lhe pedi ajuda, ele não me deu. Sim, dá conselhos. Disse-me para resolver tudo sozinho.

"Como quando me convocou da última vez, insinuou uma espécie de conspiração, ou ligação, como ele lhe chamou.

"Quando adivinhei o que era - jogos - que havia uma ligação, continuou a ser inútil. Gostava que eles o dissessem. De uma maneira ou de outra, então posso concentrar-me em tirar os meus dois amigos desta situação."

"Vês o que quero dizer?" Lia disse. Vês o que quero dizer?", disse Lia. "Todos os arcanjos são totalmente inúteis."

"Haniel ajudou-te, quando magoaste os olhos," lembrou-lhe Alfred.

Lia virou-lhe as costas.

"Esperemos que o médico tenha razão e que os dois voltem a ser eles próprios de manhã", disse E-Z. "É tudo o que podemos fazer.

Chegando agora a casa, foram para o quintal. Cumprimentaram a Pequena Dorrit, viram o sol nascer e conversaram sobre o que iam fazer a seguir.

E-Z falou de algumas coisas que o estavam a incomodar. Na Sala Branca, tinham-no encorajado a ligar os pontos. Mais recentemente, a Eriel ajudou-o a reduzir as coisas.

Revê tudo o que a rapariga da loja lhe tinha contado. Como ela tinha feito reféns, como num jogo. Como usava um fato, para se parecer com uma caçadora de prémios do jogo.

A seguir, conta-lhe os pormenores do rapaz à porta de casa. O miúdo tinha dito abertamente que tinha sido enviado para matar E-Z por vozes do jogo e que, se não o fizesse, a sua família seria morta.

Depois pensou no envolvimento de Eriel e dos outros Arcanjos nos julgamentos. Agora PJ e Arden estavam envolvidos.

Será que os arcanjos os iriam atrair para o jogo, para o apanharem a ele? Seria culpa dele - por ter sido demasiado lento a resolver o puzzle que lhe tinham dado? Os arcanjos disseram que tinham acabado com ele. Tinham cancelado os testes e ele estava contente por ver o fim deles. Porque é que eles estavam de volta, a tentar fazer uma nova ligação com ele? Não podia ser uma coincidência.

Abriu a boca para dizer a Alfred e Lia o que estava a pensar - em vez disso, voltou a aterrar no silo. Só que desta vez, em vez de o contentor ser de metal, era de vidro e ele estava sem a sua cadeira.

CAPÍTULO VI
DE PERNAS PARA O AR

E-Z estava suspenso de cabeça para baixo numa bolha de vidro, vendo a relva verde e verde da terra. Estava muito acima, e a cabeça doía-lhe tanto que temia que rebentasse e se espalhasse por todo o recipiente. Mas, felizmente, algo o segurava. O que é que era, ele não sabe.

Ao contrário das outras vezes em que esteve no silo, não estava seguro (ou a sua cadeira não estava) no lugar. A outra coisa que o preocupa, pendurado assim de cabeça para baixo, é que ele não veria Eriel chegar. Nem o cheira.

Assim que pensa em Eriel, o contentor mexe-se. Tem medo de cair. Quer agarrar-se a qualquer coisa, mas não há nada a que se agarrar, a não ser o ar. Envolve os braços à volta de si próprio. Depois, sente um movimento. A câmara de vidro rodou cento e oitenta graus no sentido dos ponteiros do relógio. A sua cabeça ficou imediatamente melhor, mais clara, e ele concentrou-se em sair dali. Quanto mais depressa, melhor.

Tarde demais, porém, a coisa deslocou-se e depois rodou mais cento e oitenta graus. Colocando-o de volta onde tinha começado.

"Como estás, Doody?", gritou Eriel enquanto encostava a cara ao vidro. Depois bate à porta e canta: "Deixa-me entrar, deixa-me entrar."

"Tira-me daqui!" grita E-Z.

"Acalma-te", disse Eriel. "Estás aqui por bondade do meu coração. Queria dizer-te pessoalmente: os teus amigos estão em perigo."

"Queres dizer o PJ e a Arden? Eriel acenou com a cabeça. "Bem, eu já sei disso! Tu és um grande palhaço!"

"Paus e pedras partem-me os ossos, mas os nomes nunca me farão mal", cantou Eriel.

"Se não me tirares daqui - agora mesmo - então vou fazer-te mais do que paus e pedras podem fazer!

Eriel bateu com o seu dedo ossudo no queixo. Afinal de contas, ele ainda estava com o lado direito para cima, o que era uma vantagem em relação à perspetiva em que E-Z estava.

"Queria que soubesses que, apesar de os teus amigos estarem em perigo, não precisas de te preocupar. Eles não estão em perigo como super-heróis". Fez uma pausa. "Um passarinho disse-me que achas que estamos a tentar fazer-te passar outro julgamento... mas não estamos. Deixa-os entregues ao destino."

"O que queres dizer com eles não estarem em perigo para os super-heróis?" gritou E-Z.

Eriel desapareceu e o recipiente de vidro caiu. Ele agita-se, estabiliza-se. Volta a cair. Isto continuou e continuou, até que ele teve a certeza de que o seu crânio iria em breve abrir-se como um ovo no chão.

Depois, vê o Alfred, à beira do relvado, a mordiscar a relva.

"Olha!" gritou E-Z. "OLHA!"

O Alfred parou de comer e aproximou-se. Olha para o seu amigo, pendurado de cabeça para baixo dentro de uma bolha de vidro.

"O que estás a fazer aí?", perguntou o cisne trombeteiro.

"Eriel! exclamou E-Z.

"Já disseste o suficiente. Vou acordar o Sam. Espero que ele saiba o que fazer para te tirar daí".

"Boa ideia e pede-lhe para trazer a minha cadeira."

Enquanto esperava, E-Z amaldiçoou-se a si próprio. Tinha perdido a oportunidade de exigir mais informações à Eriel. Agiu como uma vítima. Desiludiu os seus dois melhores amigos.

Formula um plano. Quando sair daqui, vou procurar a Eriel e vou obrigá-la a dizer-me como salvar o PJ e o Arden. Vou obrigá-lo a jurar que nunca mais me põe nesta situação.

Espera um minuto. Se o PJ e o Arden não estivessem em perigo de super-herói. Em que tipo de perigo é que eles estavam? Precisavam de ser salvos? Ou será que o Dr. Flannel tinha razão quando dizia que eles iam ultrapassar aquilo e voltar a ser o que eram em breve?

Não gostava da afirmação "deixa-os ao destino". Acredita que nós fazemos os nossos próprios destinos e os seus dois amigos estavam em coma. Eles não se podiam ajudar a si próprios, por isso ele ia ajudá-los. Independentemente do que a Eriel dissesse.

Finalmente, o Tio Sam apareceu com uma ferramenta grande na mão. "É um cortador de vidro", disse ele. "Eu sabia que um dia ia dar jeito, quando a comprei num daqueles anúncios na televisão. Diziam que cortava vidro como se fosse manteiga. Vamos ver se era publicidade enganosa." Corta à volta do fundo. Lentamente. Com cuidado.

"Ei, despacha-te, estou a sufocar aqui dentro! Se o sol nascer, vou fritar."

"Paciência, querido rapaz," disse Alfred.

"Estás quase lá," disse Sam. Ele estava de joelhos, avançando a passos largos, enquanto o cortador cortava o fundo do contentor. Entretanto, os joelhos do seu pijama estavam a beber da relva orvalhada. "Presumo que a Eriel teve alguma coisa a ver com o facto de estares aí dentro?"

"Afirmativo.

Sam terminou de cortar, soltou o sobrinho e ajudou-o a subir para a cadeira de rodas.

"Obrigado, tio Sam.

"Não tens de quê. Agora explica, por favor?"

"Estou demasiado cansado. E eu estou demasiado irritado para te explicar. Podes fazer isto de manhã, por favor?"

O sol estava a ficar vermelho à medida que avançava no horizonte.

Dentro de algumas horas, E-Z teria de ir ver os seus amigos. Espera que eles estejam bem. Volta ao normal. Assim, não teria de pensar mais nisso. Se não... se não estivessem. Bem, de qualquer forma, tudo ficaria melhor depois de dormires um pouco.

"Eu posso explicar-te tudo", ofereceu Alfred.

"O que é que tu sabes sobre isso? Tive de gritar contigo, para te chamar a atenção."

"Oh, eu vi tudo. O que achas que eu estava a fazer aqui fora? Estava à espera que pedisses ajuda. Não queria interromper o teu tempo de Eriel".

"Interrompe. Muito engraçado. Está bem, põe-no ao corrente. Vou dormir um pouco. Estou demasiado cansado para pensar mais." Sobe a rampa e entra em casa, deitando-se na cama completamente vestido.

E-Z sonhou que fazia sete anos. Os pais tinham alugado o parque de jogos virtual interior. Convidou doze crianças ao todo, por isso eram treze e uma equipa tinha de ter um jogador a mais. Como era o seu dia, fizeram uma seleção e o último a ser escolhido entrou na sua equipa. Chamaram a si próprios os Ball

Breakers. A outra equipa, liderada por Kyle Marshall, chamava-se Bat Shitz.

"Não podes usar esse nome", disse a equipa de E-Z. "É praticamente um palavrão."

"Ah, pensa outra vez", disse Marshall. "A grafia é Shitz. Deram-nos o nome da minha cadela. Ela é uma Shitz-hu".

"Vamos jogar", disse E-Z.

PJ e Arden estavam na equipa de E-Z. A equipa do trio de tornados deu uma tareia à equipa dos Bat Shitz até estarem todos demasiado cansados para se mexerem.

"A comida está servida", diz a mãe de E-Z. Os pais estavam à espera no restaurante ao lado. Encomendaram uma série de pizzas, baldes de refrigerantes e, por fim, um bolo cheio de velas.

Os miúdos saem juntos da zona de jogo. Rapidamente, Arden apercebeu-se que tinha deixado o seu boné de basebol para trás.

"Não posso deixá-lo! Tenho de voltar para trás!"

"Nós vamos contigo", diz E-Z. "Dá-me um segundo para contar à minha mãe."

"Eu digo-lhe", diz Kyle, que estava por perto.

E-Z, PJ e Arden voltaram para trás. Quando não conseguiram encontrar o boné, continuaram a andar.

"Tem de estar aqui algures!" disse Arden.

"Não pensei que fosse tão longe", disse E-Z.

"Os abutres vão comer a pizza toda antes de voltarmos", diz PJ.

"Não te preocupes, a Sra. Dickens vai guardar-nos alguma comida. Sabe que não vamos demorar muito".

O corredor expandiu-se para outro edifício, outro lugar. À frente deles estava uma guilhotina gigantesca. No cimo, por cima da lâmina, estava o boné de Arden. Na própria lâmina, havia um letreiro. Ainda estava a pingar tinta vermelha, ou sangue. Dizia: "A cabeça vai para aqui."

"Estás a sonhar?" Arden perguntou-te. "Porque eu não preciso assim tanto do meu boné de basebol."

"Ouve. Ouve vozes", disse E-Z.

Sussurros, muito baixinho, mas murmúrios. Primeiro, era uma mulher sozinha. Depois juntou-se outra, para um dueto. Depois outra juntou-se para formar um trio. Os sussurros transformaram-se num cântico.

"Não consigo perceber nenhuma palavra", diz PJ.

"Shhh", disse E-Z, levando o dedo aos lábios.

Enquanto as vozes cantavam,

"B-link e estás morto.

B-link e estás morto.

B-link e estás morto, B-link e estás morto", ao som de "Happy Birthday to you".

"Isso é arrepiante!" disse o PJ.

"Vamos voltar para trás", disse Arden, enquanto a porta por onde tinham entrado se fechava e os passos ecoavam pelo corredor.

Os passos tornam-se mais altos.

CLANK. CLANK. CLANK.

Cota de malha. Aproxima-te. Pés calçados. Um soldado. Uma figura muito alta, encapuzada. Leva uma coisa de prata: um afiador de facas.

Quando chega ao pé da guilhotina, a figura encapuzada tira uma pena do bolso. Coloca-a contra a lâmina. Corta-a como se fosse manteiga. Mesmo assim, continua a afiá-la. Enquanto afiava a lâmina, cantarolava baixinho, como se estivesse a gostar do seu trabalho.

"Como se a lâmina da guilhotina não estivesse suficientemente afiada!" sussurrou PJ. "Tira-me daqui!"

Arden correu para a porta e começou a martelá-la. "E-Z, tens de nos tirar daqui! Tens de nos ajudar! Por favor, ajuda-nos!"

CARREGAS A MENSAGEM.

Os rostos de PJ e Arden apareceram no ecrã. Dizem duas palavras:

"AVISA-OS".

E-Z acordou e ouviu o Tio Sam a bater com os punhos na porta do seu quarto. "Levanta-te E-Z, não conseguimos encontrar a Lia!"

Agora que estava acordado, apercebeu-se que ela tinha estado a tentar contactá-lo. Para o informar. Verifica o telemóvel. Uma mensagem com uma atualização.

"Está tudo bem", disse E-Z, "ela está com o PJ. Diz à Samantha que ela está bem. Diz à Samantha que está bem. Tenho de ir ter com ele e com o Arden. Onde está o Alfred?

"Está no jardim", disse a Sam. "Queres tomar o pequeno-almoço antes de ires?"

"Uma sanduíche de queijo grelhado seria ótimo. Obrigado."

Enquanto E-Z se vestia, pensou no seu sonho. Os rapazes estavam a falar com ele, através de um acontecimento mútuo que tinham partilhado quando tinham sete anos. Ele tinha de perceber o que se passava. Avisa-os? Avisar quem exatamente? Esta era uma pista definitiva, mas quem é que eles queriam que ele avisasse exatamente?

Sim, ele tinha a certeza absoluta de que eles estavam a tentar dizer-lhe alguma coisa, mas o quê exatamente? Mais uma vez, suspeita que tem tudo a ver com a Eriel.

Primeiro, vai a casa de Arden, e o pobre coitado, tal como antes, estava como um zombie na sua cama. Um médico estava ao seu lado quando E-Z e Alfred entraram.

"Qual é o teu diagnóstico?" perguntou E-Z.

"Primeiro, tira essa ave daqui!", exclamou o médico.

O Alfred fez um gesto de protesto e depois foi-se embora. Lá fora, comeu um pouco de erva e limpou as penas.

O médico olhou para o Sr. e a Sra. Lester: "O que é que queres que este miúdo saiba?

"Este é o E-Z, é um dos melhores amigos do Arden."

"Sei quem ele é, vi-o na televisão a salvar pessoas."

E-Z não sabia o que dizer e não disse nada, mas não gostou da atitude do médico.

"O Arden está em coma."

"Sim, bem me parecia. Oh, então quando é que ele sai do coma? O Dr. Flannel, no lar de Handle - onde o PJ está no mesmo estado - disse que ele ia voltar ao normal em breve."

"Isso eu não sei. O corpo dele está a protegê-lo de alguma coisa, por isso ele vai acordar quando estiver suficientemente bem para o fazer. Entretanto, sugiro que alguém fique com ele 24 horas por dia." Depois, dirige-se aos Lesters: "Talvez fosse melhor se ambos trabalhassem para contratar uma enfermeira. Posso recomendar-te alguém. Se puderes trabalhar a partir de casa, seria melhor. Volto a falar contigo daqui a uns dias."

"Daqui a uns dias", repetiu o Sr. Lester.

A Sra. Lester levou o médico para fora da casa.

E-Z seguiu-a. "Se eu puder ajudar, fazer um turno ao lado dele, não hesites em pedir. Vou agora a casa do PJ. A Lia já lá está e mandou-te uma mensagem a dizer que ele está na mesma.

"Mantém-nos informados e dá cumprimentos à família do PJ.

"Fá-lo-ei", disse E-Z, enquanto ele e Alfred se reuniam. Ambos levantaram voo e voaram para casa do PJ.

Enquanto voavam lado a lado, Alfred disse: "Não gostei muito daquele médico. Quando uma pessoa não é simpática para os animais... não confio nela".

"Eu percebo-te, mas ele só estava a fazer o seu trabalho."

"Nós, cisnes, não causámos nenhuma praga ou... esquece. Esqueci-me da gripe aviária - mas isso aconteceu por causa dos humanos."

Aterraram em casa de PJ, onde Lia os esperava com a porta aberta.

"Como estão as coisas entre vocês os dois?", pergunta ela.

"Como estão as coisas entre vocês?", pergunta.

"Ah, ele está um pouco irritado porque o médico do Arden o expulsou do quarto, mas eu estou bem, obrigado. E tu?"

"Estou bem, mas os pais do PJ estão a perder a cabeça e não há sinais de recuperação."

"Chamaram o médico de volta?" perguntou Alfred.

"Não. Ele deu-lhes esperança, mas nada mais, principalmente que ele ia recuperar. Mas preocupa-me que ele esteja errado. Ela fez uma pausa, corando um pouco.

"Ah, mais uma coisa, quando eu estava a segurar a mão dele." Olha para os dois. "Ele, bem, não tenho a certeza se imaginei, ou se ele realmente o fez - mas pensei que ele a tinha apertado."

"Uh, obrigado por ficares com ele. Devíamos fazer turnos com os pais dele, para ninguém ficar muito cansado. Podes ir para casa agora e passar algum tempo com a tua mãe. Ela deve estar a pensar em ti." Nem penses que ele ia mencionar o facto de te dar a mão.

"Então vou-me embora quando tu fores," disse Lia enquanto se dirigiam para o quarto dos PJs.

Alfred, Lia e E-Z estão agora a sós com PJ.

"Ontem à noite tive um sonho estranho. PJ, Arden e eu estávamos no meu sétimo aniversário - mas as coisas não aconteceram como naquela altura. Eles estavam a tentar comunicar comigo através de um acontecimento que partilhámos, mas não tenho a certeza do que estavam a tentar dizer."

"Conta-nos o sonho", disse Alfred. "E não deixes nada de fora."

"Sim, conta-nos e veremos se te podemos ajudar a interpretá-lo."

"Bem, começou normal. Tudo estava como estava nesse dia, até que o Arden se esqueceu do seu boné de basebol e nós, nós os três, voltámos para o ir buscar."

"Então, ele não perdeu o boné de basebol na festa a sério?"

"Não, não perdeu. Na verdade, ele estava tão obcecado com aquele boné que muitas vezes brincávamos com ele dizendo que estava colado à sua cabeça. Por isso, esta foi uma parte importante do sonho. E lá estávamos nós a voltar para a área de jogo e o corredor parecia muito mais comprido do que quando o deixámos.

Andámos durante muito tempo. Conversando como costumávamos fazer. Não nos apercebemos, mas já estávamos a andar há algum tempo. O Arden pensou em deixar o boné onde estava, porque chegar lá estava a demorar muito tempo, mas decidimos ir buscá-lo. Ele disse que o boné tinha um valor sentimental para ele."

"Interessante", disse Lia. "Sabes porque é que ele gostava tanto do boné?"

"Ele usava-o sempre porque gostava da equipa. Nunca soube que houvesse qualquer ligação sentimental na vida real, para além da própria equipa. E no sonho, nessa altura, só quando ele o disse. Então, o corredor aumentou de tamanho e encontrámo-nos numa sala grande e arejada, como um auditório. No centro da sala estava uma guilhotina gigantesca."

"O quê! Que estranho!" disse o Alfred.

"É um bocado assustador," disse a Lia.

"E há mais. No cimo, por cima da lâmina, estava o boné de Arden e por baixo dele uma placa que dizia: A cabeça passa por aqui."

Lia e Alfred suspiraram.

"O Arden disse que já não gostava muito do boné. E foi então que escureceu e ouvimos passos pesados a vir na nossa direção. Botas. O estalar de correntes ou de armaduras. Depois as luzes voltaram a acender e um tipo entrou com um capuz na cabeça. Vai para a guilhotina e afia as facas, uma atrás da outra.

"E depois?" perguntou Alfred.

"Depois aparece um ecrã de computador que diz LOADING e aparece uma imagem dos dois. Diz duas palavras:

"AVISA-OS."

"E depois?" Alfred perguntou de novo.

"Depois, o Tio Sam acordou-me e perguntou-me se eu sabia onde estava a Lia."

"Isso não é muito para continuar," disse Lia, "Ele adorava aquele boné? E quem é que devia ser avisado?"

"A equipa preferida do Arden era e continua a ser os Boston Red Sox. O boné era uma prenda para ele - autêntica - que ele nunca deixaria para trás, acontecesse o que acontecesse. No entanto, pensou em deixá-lo no sonho pelo menos duas vezes."

"Mas ele não estava suficientemente interessado em enfiar a cabeça na guilhotina para o conseguir," disse Alfred.

"Quem é que estaria?" perguntou Lia.

"Gostava que pudéssemos usar o computador do Arden. Aposto que há lá uma pista. Aposto que ele tem um ficheiro, algo escondido que eu possa encontrar. Talvez o teu sonho fosse sobre isso. E porque me deste a pista."

Lia procura na Internet o significado de um sonho com uma guilhotina no seu telemóvel. "Diz que representa medo ou ansiedade. Ser destacado ou envergonhado por alguma coisa."

"Acho que tenho uma ideia", diz E-Z enquanto percorre a lista de contactos do seu telemóvel.

"Espera um minuto", disse Alfred, "liga ao Sam."

"Tens razão, talvez seja melhor falar com ele primeiro." Ligou rapidamente para o Sam e explicou a situação. O Sam disse que ia já para casa do Arden e que deviam encontrar-se lá com ele.

"Está tudo bem aqui?" Perguntou a mãe do PJ. "Queres uma bebida ou qualquer coisa?"

"Não, obrigada, mas o tio Sam vai a casa do Arden e nós vamos lá ter com ele. Vamos dar uma vista de olhos no computador do Arden e descobrir a última coisa que ele esteve a fazer. É pena que o computador do PJ esteja avariado."

"É uma ideia inteligente. Ouvimos dizer que os pais do Arden também chamaram um médico, ele ajudou-te?"

"Não, não ajudou."

"Nós mantemos-te informada se soubermos de alguma coisa", disse Lia, enquanto apalpava a testa de PJ.

"És uma boa menina", disse a mãe de PJ. Depois sai do quarto, lutando contra as lágrimas.

Quando chegaram a casa de Arden, Sam estava à espera deles lá fora. Trazia o portátil, um saco cheio de ferramentas informáticas e outras coisas.

Juntos, entraram e Sam instalou o seu próprio computador, um portátil, e ligou-o do outro lado da sala, depois deu uma vista de olhos à instalação de Arden. Estava ligado diretamente à tomada de parede. Sem nenhuma barra de proteção contra picos de corrente inesperados. Ainda bem que trazia sempre uma na mala.

Depois de fixar a barra de segurança, liga o computador de Arden à mesma. Espera - e nada acontece. Tomando isso como um bom sinal, liga a corrente e o computador de Arden ganha vida. Era necessária uma palavra-passe. Uma palavra-passe que nenhum deles sabia.

"Tens alguma ideia?" perguntou Sam.

E-Z digitou Boston Red Sox. Tenta o nome do meio de Arden, que é Daniel. Não deu certo.

Tenta "guilhotina", sugeriu Alfred.

"Bingo! disse E-Z, agora só tinha de procurar no histórico.

"Deixa-me", disse Sam, enquanto clicava nas definições, à procura de algo invulgar. Não havia nada fora do normal.

"Qual foi a última coisa que ele fez? Estava a jogar um jogo?" perguntou E-Z.

Enquanto o Sam clicava para descobrir, a barra de compensação sem sobretensão pegou fogo. O Tio Sam correu para apagar o fogo e, quando voltou, E-Z já o tinha abafado com um cobertor. "Bem pensado", disse ele.

"Espero que a mãe da Arden pense o mesmo!"

"Agarra o disco rígido!" disse Sam, o que fez antes de o fritar. "Agora leva isto connosco e vamos ver o que conseguimos ver."

CAPÍTULO VII
DISCUSSÃO

Enquanto regressavam a casa, E-Z ainda pensava na mensagem "Avisa-os". Terá sido mais do que um sonho?

"Pergunto-me", disse ele.

"O que achas? pergunta Sam.

E-Z explicou o seu sonho e a mensagem e depois acrescentou a sua nova ideia para ver o que eles achavam dela.

"O PJ e o Arden prepararam as coisas no site para podermos fazer Podcasts no futuro. Estou a pensar se devo usá-lo, assim que descobrirmos quem avisar. Podíamos chegar a muita gente".

"É uma ideia brilhante!" Sam disse: "Mas não deveríamos estar a construir uma base de seguidores agora? Assim, quando estivermos prontos para dar o aviso, já teremos alguns subscritores?"

"O que é que eu te diria?"

"Pensa nisso", disse Lia. "E nós estaremos ao teu lado."

"Não me importo de ser eu a falar."

Quando chegaram a casa, entraram.

CAPÍTULO VIII
BRANDY VIVE

Quando ela o viu pela primeira vez, era a música que tinham em comum. Ela tocava piano, melhor do que a média, mas não excecionalmente bem. O seu professor de música dizia que ela tinha uma habilidade natural - o que quer que isso significasse. Mas só conseguia tocar canções que significassem algo para ela. Então lembrava-se delas e era capaz de as tocar de imediato. No entanto, o facto de a obrigar a tocar algo de que não gostava fê-la detestar ter aulas.

Continua a ter aulas. Forçava-se a si própria, mesmo quando odiava. Esperava conseguir entrar a fingir na banda da escola.

Os pais dela queriam algo para mostrar por todas as aulas que pagaram. Insistiram para que ela tentasse entrar para a banda - para se envolver mais nas actividades da escola.

"Vai ficar bem na tua candidatura à faculdade", disse o pai.

"Dá o teu melhor, é só o que te pedimos. Dá o teu melhor!", disse a mãe.

No entanto, as audições do liceu deste ano estavam repletas de miúdos talentosos. Um baterista talentoso já estava no palco a tocar quando ela entrou no auditório.

Com as palmas das mãos a transpirar e o coração aos saltos, avançou ao longo da fila. Uma fila de alunos e professores batia palmas e batia os dedos dos pés. Sentia o chão a pulsar a cada batida.

Como um robô, continuou a caminhar ao longo da borda do auditório, até estar o mais perto possível do palco.

Agora sai pela porta e vai para os bastidores. Fica de pé com os outros artistas do palco e aplaude como se sempre tivesse estado lá.

Era um plano brilhante. Todos estavam tão envolvidos na audição dele que nem repararam que ela tinha entrado na fila.

"Quem é ele?" sussurrou para a rapariga que estava à sua frente na fila.

"Shhhhh!", responderam os outros artistas que estavam à espera.

Ele toca bateria, vestido de ganga, com o cabelo louro a balançar e a saltar. Depois aproximou-se do microfone e a sua voz profunda e melódica acompanhou o ritmo.

Ela aproximou-se um pouco mais e, ao fazê-lo, notou uma comichão que não existia antes. Nas palmas das mãos, nos braços, nas pernas. Coça-se e não encontra alívio. De facto, a comichão piorou e em breve parecia que a sua pele estava a arder. Depois, a respiração piorou e o batimento cardíaco abrandou.

"Acalma-te", sussurrou ela em voz alta e na sua cabeça.

Foi a última coisa de que se lembrou antes de acordar num veículo em movimento.

CAPÍTULO IX

SOBRE A BRANDY

O veículo seguia em alta velocidade na autoestrada. Ela estava no banco de trás. Em que carro é que ela estava? Não reconhecia o veículo.

Tentou sentar-se; doía-lhe a cabeça - como se um comboio a atravessasse. Fecha os olhos por um segundo e ouve, tentando perceber como é que tinha ido parar ali. O carro tinha um cheiro estranho, novo e velho ao mesmo tempo.

PFFT.

O respiradouro exalava um cheiro que lhe dava voltas ao estômago, e ela vomitou.

"Olha, vê o interior", diz uma voz masculina. Olha o interior," disse uma voz masculina. "É pele, a verdadeira." O telemóvel tocou e ele falou através de um microfone no visor. "Sim, estaremos aí em breve", disse ele. Desliga e aumenta o volume do rádio.

As suas mãos estavam atadas, não atrás de si como nos filmes, mas à sua frente, mesmo por cima do cinto de segurança. "Quero ir para casa!"

"Em breve", responde a voz masculina por cima do refrão de uma música de Drake.

Depois de uma viagem que ela pensou ser de cerca de trinta minutos, ele parou numa estação de serviço. Tranca-a lá dentro, bate com a porta atrás de si e deixa-a sem dizer uma palavra.

Olha pela janela, esforçando-se por não vomitar outra vez. O seu captor ou raptor, o que quer que fosse, tinha entrado. Esperava que não fosse um raptor a pedir um resgate. Os teus pais não tinham dinheiro para pagar o seu regresso. Concentra-se no momento, repara que as portas não têm puxadores e que os botões para abrir a janela não funcionam.

Do outro lado do carro, a meter gasolina, vê um homem.

"AJUDA!", gritou ela, dando tudo o que tinha. Sabendo que esta poderia ser a sua única oportunidade.

Quando ele não respondeu, ela bateu com os seus braços amarrados nas janelas fechadas. Era difícil fazer qualquer som aqui, neste aquário de um carro. Olhou para trás e o seu raptor estava a regressar ao carro com uma lata de refrigerante e duas barras de chocolate. Quando se pôs ao volante, atirou-lhe uma barra de chocolate por cima do ombro. Ela não conseguiu apanhar, detestava aquele tipo de chocolate, para não falar que tinha vomitado recentemente.

"Tenho sede", disse ela.

"O que é que queres?", perguntou ele, depois entrou e saiu quase de imediato com uma garrafa de água.

Desapertou a tampa e colocou-a nas mãos dela. Apesar de estarem atadas, ela conseguiu, depois de algumas tentativas, meter um pouco de água na boca. A parte da frente da sua t-shirt estava a pingar água. Não se importou, pois lavou um pouco do cheiro a pelo.

"Obrigada", disse ela.

Momentos depois, estavam de novo na autoestrada. Ele acelerou, passou para a via rápida e o cinto de segurança dela soltou-se. Ela caiu na parte de trás do carro, como um único dado a rolar sem direção.

"Pára com isso, sua louca!", disse o homem, enquanto ela tentava voltar a apertar o cinto de segurança com as mãos atadas.

Os pneus, enquanto o condutor mudava de faixa de forma imprudente. Os outros condutores travam, para se afastarem dele. Depois, dirige-se para a rampa de saída. Carrega nos travões e pára. Saiu do banco da frente e abriu a porta de trás.

Ela estava pronta, com os pés apontados para ele, e bateu-lhe com toda a força num grande pontapé de dois pés. Ele caiu no chão e ela estava fora do carro, a correr desenfreadamente quando um carro a atingiu, depois outro, depois outro.

Ele voltou a entrar no carro e arrancou.

"Rapariga estúpida!" exclamou ele.

CAPÍTULO X
LEMBRA-TE DO BRANDY

"Aconteceu outra vez, não foi?", perguntou a mãe, enquanto ajudava Brandy a sair do carrinho de compras. "O que é que aconteceu desta vez?

"Desculpa, mãe", disse a adolescente, baixando-se para atar o sapato. As suas mãos sabiam tão bem, agora que já não estavam atadas.

A mãe baixou-se e sussurrou: "Aconteceu o mesmo que das outras vezes? Desmaiaste?"

Levanta-se e olha para a porta.

"Diz-me", disse a mãe, colocando a filha à sua frente para que estivessem próximas e ninguém mais pudesse ouvir. Além disso, não havia mais ninguém no corredor.

"Eu estava na escola, nas audições. Um rapaz estava a tocar a solo na bateria e a cantar. Ele era realmente excelente.

"E sonhador também, espero?", perguntou a mãe.

Ela sentiu as suas bochechas a ficarem quentes. "O meu coração acelerou, as minhas palmas ficaram suadas e senti-me estranha. Quando dei por mim, estava amarrada na parte de trás de um veículo em andamento!"

"Amarrada? Num carro? O carro de quem? Quem estava a conduzir? Onde é que ias?"

"Não reconheci o carro, nem o condutor. Ele estava a falar com alguém, usando um daqueles microfones sem mãos. Conduzia bem até entrar na autoestrada. Depois conduziu como um louco e eu fingi que o cinto de segurança se tinha desapertado. Quando ele saiu da estrada e parou, dei-lhe um pontapé tão forte que ele caiu e eu fugi."

"Graças a Deus que escapaste. Alguém parou para te ajudar? Espero que tenhas o número deles, para eu lhes poder ligar e agradecer."

A Brandy não falou, porque estava a lembrar-se dos carros, um, dois, três, quando lhe bateram e ela morreu. Morreu outra vez. E acabou na mercearia com a mãe, outra vez.

"Fala comigo", disse a mãe da Brandy.

"Eu morri - outra vez", disse a Brandy "e acabei aqui. Outra vez."

Senta-se no chão, ou melhor, os seus joelhos fraquejam e deixa-se cair de joelhos. A mãe seguiu-a, como um dominó.

Sentam-se juntas, de mãos dadas, sem falar

CAPÍTULO XI
BRANDY ENTÃO

"Despacha-te, Brandy!" foi o que a mãe dela disse da última vez. A última vez que a sua única filha tinha morrido - e ressuscitado.

Quando a maioria dos pais tinha de ir à mercearia com os filhos a reboque - não conseguiam sair dali suficientemente depressa.

A Brandy não era uma dessas crianças. Preferia as lojas aos parques, aos desportos - a quase todas as actividades. Levá-la às compras era a única forma de a fazer sair de casa.

A culpa não era inteiramente da Brandy. Ela tinha nascido com um problema cardíaco raro. Diziam-lhe que iria passar. Por isso, correr e brincar com as outras crianças não era uma opção para ela.

Consequentemente, ela começou a adorar o centro comercial, mas o que ela mais adorava era a mercearia. E as coisas estavam sempre muito calmas nos corredores da comida. Exceto numa altura em que estavam a distribuir DVDs grátis. A Brandy ficou tão excitada que não conseguia respirar e tiveram de a levar para o hospital.

Ela tinha três anos nessa altura.

CAPÍTULO XII

BRANDY AGORA

Agora que a filha tinha catorze anos, isso parecia estar a acontecer cada vez menos. Ainda assim, perguntava-se o que aconteceria quando ela fosse demasiado grande para caber no carrinho do supermercado.

"Porquê aqui, achas?" perguntou a mãe de Brandy, "Porque é que só tu e eu estamos aqui?"

"Não sei, mãe, mas uma coisa eu sei. Quero fazer compras. Quero comprar comida e bebidas e vou-me embora. Fica aqui se quiseres, eu volto num minuto. Toma, joga Solitaire no teu telemóvel. Vai acalmar os teus nervos e as compras vão acalmar os meus".

A mulher sentou-se no chão, enquanto os carrinhos iam e vinham, concentrando toda a sua atenção no jogo Solitário. A filha conhecia-a tão bem. Ainda assim, o que ela tentava não se preocupar era com o quanto - ou quão pouco - contar ao marido. Não lhe tinha contado da última véz, quando a filha tinha morrido, nem da vez anterior, nem da vez anterior. Só lhe tinha dito que tinham ido às compras e que tinha sido stressante.

"Estou pronta", dissera a Brandy, daquela vez em que era uma menina com os braços cheios de cereais e tartes de gelado.

Dirigiram-se então para a fila das caixas automáticas.

"Deixa-me fazer isso, mãe!"

Era o que a Brandy dizia sempre. Adorava ver a pessoa da caixa a verificar cada objeto. E Deus os ajude se a leitura estiver errada.

Brandy e a sua mãe, agora que já tinham terminado o dia, voltaram para o carro. A Brandy sentou-se à frente e pôs o cinto de segurança. E lá foram elas, parando apenas brevemente no drive-through para comprar dois sundaes de chocolate quente.

"Hoje conseguimos umas pechinchas excelentes", disse Brandy na altura e voltou a dizê-lo agora.

"Sei que gostas, mas gostava de saber mais sobre o teu incidente de hoje. Consegues lembrar-te de mais alguma coisa sobre o que aconteceu? Deves ter ficado aterrorizada por estares sozinha num carro com um estranho? O que eu não percebo é como é que estas coisas acontecem. Esta foi diferente das outras vezes? Disseste que num minuto estavas na audição da banda da escola e no outro estavas num carro?"

"Sim, estava à espera da minha vez para atuar, com os outros alunos. Estávamos todos a ouvir um rapaz na bateria. Ele era incrível, cantava e tocava. Estava quase a chegar à frente da fila quando, ZAP, desapareci."

"Oh, não gosto do som desse ZAP."

"Foi assim que aconteceu, mãe. Primeiro as minhas mãos coçavam, depois as minhas pernas, os meus braços."

"Não me falaste da comichão antes?"

"Acontece. Normalmente, acalmo-me. Desta vez nada resultou e, bem, tu sabes, a palavra Z."

"Tenho de perguntar, mas achas que talvez isto tenha acontecido porque querias evitar a audição? Quero dizer, fazeres uma audição a ti próprio. Não é algo que te interesse fazer."

Brandy tamborilou os dedos no braço da porta. "Eu não entraria num carro com um estranho para evitar uma audição", disse ela.

"Muito bem, querida", disse a mãe, com lágrimas nos olhos. Ela tinha dito a coisa errada - outra vez. Estava sempre a dizer as coisas erradas quando se tratava das aventuras de viagem da filha... como lhe chamar? As aventuras de viagem da tua filha.

"Não faz mal, mãe."

Conduziram em silêncio durante algum tempo. O silêncio era confortável.

"Quero saber como te posso ajudar", disse a mãe da Brandy. "Para a próxima vez..."

"Eu sei que queres, mãe, mas não estás lá quando acontece. Tenho de ser capaz de lidar com isso sozinha."

"Há alguma coisa que aconteça sempre - antes de desapareceres?"

"Gostava de me lembrar, mãe, mas tal como da última vez, não me lembro." Olha pela janela, depois cruza os braços.

"Bem, quando estivermos em casa podes praticar, praticar, praticar. Assim, estarás ainda mais preparada para a tua audição de amanhã".

"Foi uma audição de um dia só. Por isso, este ano não há hipótese para mim. Além disso, o papá não gosta que eu pratique, especialmente quando ele está a trabalhar em casa. Diz que lhe dá dores de cabeça."

"O papá não quer dizer isso", diz ela. "Eu falo com ele. Afinal, tu queres tocar piano, como profissão, não é? Quero dizer, um dia, depois de te formares. E eu vou telefonar ao teu professor - pedir uma exceção à regra."

"Gostava de saber como foi essa conversa!" riu-se ela. "Olá, Sr. Hopper, eu sou a mãe da Brandy, e a minha filha, bem, ela viajou no tempo para dentro de um carro em excesso de velocidade com um estranho, e depois morreu. Por isso, ela poderia fazer uma audição para ti amanhã?"

"Isso é cruel", disse a mãe dela. "Mudaste de ideias quanto a quereres seguir uma carreira na música? De certeza que estão sempre a abrir excepções para os alunos?"

"Talvez sim, mas não me incomoda. Não me importo de ter falhado. Há sempre o próximo ouvido. Além disso, gostava de fazer compras, acho que é por isso que volto sempre à mercearia, ou à loja de roupa. Lembras-te daquela vez?"

A mãe acena com a cabeça.

"Depois de compradora, uma pianista, depois uma professora", diz a adolescente, descruzando os braços e roendo as unhas.

A mãe olhou para ela: "Não faças isso, querida. Roer as unhas é muito pouco higiénico". A Brandy sentou-se sobre as mãos. "Por essa ordem?", disse a mãe, rindo-se.

"Talvez pela ordem inversa", gritou a Brandy quando entraram na garagem. "O papá ainda não chegou a casa."

Usa o sistema de abertura automática da garagem sem responder à filha. Sim, o marido estava outra vez atrasado. Chegava a casa cada vez mais tarde todas as noites. Dizia que o trabalho o estava a atrasar, fazendo-o trabalhar mais tempo sem pagar horas extraordinárias. Ela detestava que ele nunca viesse a casa ver a Brandy antes de ela se deitar. Pelo menos tinham comido um lanche. Prepara o jantar e instala-a no seu quarto. Assim, ela e o marido podiam jantar juntos. Seria uma noite agradável, só os dois.

"Pega nas malas", disse ela.

"Está bem, mãe", respondeu a Brandy enquanto entravam.

CAPÍTULO XIII
OUTBACK AUSTRALIANO

O rapaz do Outback, na parte norte da Austrália, vivia numa caixa. Tinha doze anos quando o encontraram. O seu corpo estava malformado, pois sentava-se com as costas arqueadas e os joelhos levantados - como uma caixa. Mesmo quando a abriram e o deixaram sair.

Não conseguia falar, ou não queria falar. Até que começa a confiar de novo. Depois estica-se e o seu corpo relaxa.

Preferia vozes calmas, vozes sussurrantes. Coisas altas, sons altos de qualquer tipo assustavam-no. Tremia e fechava-se em si próprio. Procurava e gritava: "Caixa!"

Guardaram-na ali, no canto. Até que as pessoas em Sydney disseram que ele nunca melhoraria se não a destruíssem.

Ajudou-os a fazê-lo, com uma marreta, quase tão grande como ele. Quando a destruíram em pedacinhos, os seus olhos viraram-se para trás na cabeça e ele desapareceu. Desapareceu. Algures na tua mente. Inacessível.

Ninguém sabia quem ele era. Ou a quem pertencia. Que tipo de pais, trancariam o seu filho numa caixa, como um animal?

Mesmo assim, ele não tinha passado fome. Não de comida, pelo menos. E não estava desidratado.

O que significa que alguém estava por perto. Eles esperaram, guardas florestais, oficiais, que eles voltassem - mas não voltaram. Então, eles deviam saber que a caixa dentro da caixa estava fora.

Uma equipa de psicólogos instalou câmaras na casa, para poderem observar o rapaz à distância, a partir de Sydney.

Outros, de todo o mundo, queriam "participar" na observação do rapaz. Alguns estavam a escrever dissertações sobre abuso infantil, sobre negligência. Lutam para chegar ao topo da lista.

O rapaz balança-se para trás e para a frente sem dizer uma palavra. "Caixa!" foi o seu único esforço. Mas ele sabia o que se passava. Ouve-os a sussurrar. Milionários que o queriam adotar. Ele não vai a lado nenhum. Fica aqui. Esta era a tua casa.

O rapaz, que nunca tinha dormido numa cama - ou se tinha dormido, não se lembrava - não queria dormir numa agora. Em vez disso, enrola-se numa bola e dorme no canto, no chão. A almofada e o cobertor que lhe deixaram não lhe serviam para nada. Esses luxos ficaram intocados.

Enquanto decidiam o que fazer com ele, foi nomeada uma Irmã. Na Austrália, as Irmãs são também chamadas Enfermeiras. Nalguns casos, uma Irmã é também uma religiosa (uma freira). Se essa Irmã/Enfermeira for do sexo masculino.

A Irmã/Enfermeira do rapaz era uma senhora simpática, que usava sempre o cabelo apanhado num carrapito. Usa um uniforme branco com sapatos a condizer, que rangem a cada passo que dá.

A primeira vez que ela tentou atirar-lhe um cobertor para cima, ele gritou como se tivesse sido atacado por uma nuvem furiosa.

"Toma, toma", disse a Irmã. Ela tremeu, depois levantou o cobertor. Atira-o à volta dos ombros e o rapaz suspirou.

"É macio", disse ela.

Aconchega-se nele. Cheira-o.

"É muito macio e quente", disse ela.

O rapaz estendeu a mão e tocou na borda do cobertor. Acaricia-a, como se ainda estivesse na ovelha de onde tinha saído.

"Queres?" perguntou a irmã.

Ele disse que não durante dois dias, depois deixou que ela o pusesse à volta dos ombros. Depois disso, dorme com ela, como se fosse um ser vivo. Embala-o como um bebé, sussurra-lhe. No fim, consolava-se com ele e não deixava que a Irmã o levasse ou o lavasse.

Na quarta manhã da liberdade do rapaz, os animais começaram a juntar-se no relvado da propriedade. Primeiro, chega uma fêmea de canguru. Salta para o fundo dos degraus do alpendre, depois senta-se sobre as ancas e vigia a porta. A seguir, chega uma ema e faz o mesmo. Depois vem uma pega, uma catatua e uma galah. Os pássaros cantavam à vez e as suas vozes pareciam chamar o rapaz para fora de casa. Antes, não tinha vontade de abrir a porta nem de sair dela. No entanto, quando viu os animais e os pássaros, saiu sem hesitar ao encontro deles.

A irmã observava-o por detrás da porta de correr. Não gostava de cães, gatos ou pássaros - na verdade, eles assustavam-na - mas estes animais selvagens assustavam-na. Aventurar-se-ia se fosse necessário. Esperava que enviassem alguém para a ajudar em breve.

O rapaz pôs-se de pé no alpendre e respirou o ar. Abre bem os braços, mais ainda, e depois enche os pulmões de ar exterior. Inspira-o com avidez.

A Irmã, que desejava que ele fosse o seu próprio filho, observava o seu peito a expandir-se dentro da sua pequena estrutura.

Depois, acontece.

O rapaz começou a subir, como se fosse um balão a levantar voo, só que não era um balão, nem estava preso a uma corda - era um rapazinho.

A Irmã saiu a correr. Ela amava-o - e ele estava a fugir. Atrás dela, a porta de correr bateu.

"Espera!" gritou ela, estendendo os dedos para o agarrar.

Enquanto o rapaz se afastava. Os seus pezinhos a levantarem-se. Leva-o para fora, mais longe. Enquanto os três pássaros o levavam, sem parar.

Ela agarrou-o, mas ele já estava demasiado longe. E então, ela observou, enquanto uma mãe canguru levantava os olhos.

E o rapaz caiu para os ombros da mãe. Ela sentou-se no alto, com os braços dele à volta do pescoço do canguru, e saiu a saltar. Ao lado deles, uma ema acompanhava o ritmo.

A irmã, sem saber o que fazer, correu para dentro de casa para ir buscar as chaves do carro. Liga o motor e segue o rapaz, até que não o consegue ver mais.

O rapaz que outrora vivera numa caixa, tinha sido levado do mundo humano. Tinha ido para o mundo onde os animais cuidavam dos seus. E esta criança, era um dos teus. Era da família.

E o rapaz cantava canções, com as vozes que conhecia do fundo de si próprio. E riu-se alto e ficou feliz, enquanto era levado para o lugar do seu coração. O lugar onde ele era, o que ele sempre foi destinado a ser.

CAPÍTULO XIV
MENINO SOLITÁRIO

Na floresta proibida do Japão, ouviu-se o grito de uma criança. Os pássaros juntaram-se, juntando-se ao canto, amplificando o pedido de ajuda do rapaz solitário. Uma coruja de Scops chegou, assustando os outros pássaros. Senta-se, por perto, guardando e esperando.

Um alarme de carro soou. O seu lamento abafa os gritos da criança. Ele estava numa cadeira de bebé. Uma que costumava estar no banco de trás de um carro.

"Clica, clica", e o alarme do carro pára, o tempo suficiente para o condutor ouvir o choro fraco da criança. Ela e o marido correm para a floresta, onde encontram a criança assustada e sozinha. Juntos, confortam-no.

Várias aves de cera ficam a observar. Avalia a situação. Fazem barulho com as penas e gorjeiam.

Como se estivessem a relatar ao vivo o salvamento da criança.

A mulher solta a criança. Segura-o perto de si e faz-lhe perguntas que ele era demasiado novo para responder. Perguntas como: "Onde está o teu Haha, Ko? Onde está o teu Otosan?" (Traduzindo: Onde está a tua mãe, criança? Onde está o teu pai?".

O marido procurou na zona. Chama por todos. Quando ninguém respondeu, procura sinais. Pegadas de adultos. Não encontraste nada.

"Não há pegadas", diz ele, abanando a cabeça em sinal de descrença. Para ele, a floresta não é o seu lugar preferido. Prefere as cidades e o barulho. Foi ele que acidentalmente fez disparar o alarme do carro. Espera que a sua mulher queira ir embora. Prometera-lhe um almoço no seu restaurante preferido. Foi então que ela ouviu a criança e correu para a floresta.

Ele seguiu a mulher, para sua segurança. Na cidade, evitavam zonas onde os predadores pudessem estar à espreita. Atraindo pessoas desprevenidas e confiantes - como a sua mulher - para o perigo.

A floresta, esta floresta em particular, estava viva com som. Viva, com luz. E a criança, eles não podiam deixar a criança.

"Vamos embora", disse ele. "Vamos levá-lo ao hospital, para termos a certeza de que ele está bem e eles podem verificar com a polícia a quem ele pertence."

Segura a criança junto ao peito, passando a mão pelas costas, como uma mãe faria com o seu próprio filho. Na sua mente, ele era apenas isso, o seu filho. O filho que ela nunca pudera ter, que chamara por ela e que ela viera à floresta proibida e o reclamara.

"Ele é meu", disse ela, primeiro desafiadoramente, depois mais suavemente, "quero dizer, nosso. O nosso bebé. O filho que sempre quiseste."

O marido olhou para o rapaz. Ele precisava deles. E ele era demasiado pequeno, demasiado jovem para se lembrar de alguma coisa antes. Já confiava neles. Ninguém iria saber, pensou ele. E, no entanto, seria correto tomar esta criança como sua?

"Ninguém saberia", disse a mulher, como se estivesse a ler os seus pensamentos.

Isto acontecia muitas vezes, depois de doze anos juntos. Pensavam coisas semelhantes. Falavam ao mesmo tempo. Terminavam as frases um do outro.

Eram um casal amoroso e estável. Juntos tinham tanto para dar a uma criança. No entanto, o destino não lhes tinha dado um filho.

Entrega a criança ao marido e espera.

Os pássaros em cima viam como os seus braços tremiam. Cantam, encorajando-a a levar a criança. Ajudam-no a decidir que a criança é agora deles.

Ela já o tinha reclamado no seu coração e na sua alma. O marido também, mas ele estava dividido entre o egoísmo. Ele queria fazer a coisa certa, não a coisa egoísta.

"Queres vir viver connosco?", pergunta à criança.

Embora ele não tenha respondido, os três voltaram para o parque de estacionamento. Colocam o rapaz no meio do banco de trás, longe dos airbags.

Os pássaros e a coruja acenaram com a cabeça e depois voaram para a floresta.

CAPÍTULO XV
UMA MULHER

Uma mulher idosa balança-se na sua cadeira, para trás e para a frente, para trás e para a frente. As suas memórias são fugazes, como nuvens. Muitas vezes fora de alcance.

A confusão está a instalar-se. Em breve, substitui tudo na sua mente pelo nada.

A demência não escolhe as suas vítimas de acordo com os desejos ou necessidades da pessoa doente. O seu objetivo - confundir. Alienar. Apaga.

Ela tinha enfrentado isso, até que um dia tudo ficou de pernas para o ar.

Era assim que ela lhe chamava agora, de pernas para o ar. Ou T/T, para abreviar. A outra coisa tinha sido má e estava a piorar. Mas "topsy-turvy" significava que ela não estava louca e, mais do que isso, significava que ela não estava sozinha - não mais.

Na sua mente, ela via tudo. Às vezes acontecia em câmara lenta, como se tivesse carregado num botão do comando. Por vezes, as cenas passavam vezes sem conta, para trás, para a frente, em loop. Outras vezes, estava no meio de um acontecimento, observando em primeira mão, como uma repórter.

Quando aconteceu pela primeira vez, ela teve medo de ser ferida ou morta. Tinha testemunhado coisas de arrepiar os cabelos. Mas quando se apercebeu que as pessoas à sua volta não a podiam ver nem ouvir, conseguiu relaxar. Exceto os arcanjos, eles sabiam que ela estava lá, mas não deixavam que a sua presença fosse conhecida pelos outros.

Como na altura em que a sua mente voou para os Países Baixos. Acomodara-se, observando a menina. Chorou quando a criança perdeu a visão. Sentiu-se impotente, pois não podia fazer nada a não ser observar. Com o tempo, isso também mudou.

Depois a Lia e o E-Z tornaram-se amigos, e o cisne Alfred juntou-se à mistura. Ela observava-os, escutava-os. Sentia-se como um membro invisível e inédito da equipa. Observa-os a trabalhar juntos e a tornarem-se grandes amigos.

Então, de repente, fala com Lia na sua mente e a menina responde. Um mundo totalmente novo abriu-se para Rosalie.

No início, a conversa entre elas era um pouco limitada. Apesar de haver uma grande diferença de idades, as duas tinham algumas coisas em comum. Como o facto de gostarem de ballet.

Desde que os arcanjos mudaram as regras, Rosália passou a vigiar ainda mais Os Três. Ainda assim, essas trocas de ideias não eram suficientes para desafiar a tua mente, para a manter ocupada.

Foi então que Rosalie descobriu Os Outros. Crianças, com capacidades únicas noutras partes do mundo - e ela conseguia falar com elas.

Primeiro foi a Brandy, uma adolescente que vivia nos EUA. Depois, comunicava com Lachie, também conhecido como O Rapaz da Caixa. Em terceiro lugar, mas não por último, estava Haruto, que vivia no Japão. Haruto era o mais novo de todos. Todas as três crianças tinham capacidades. E ela era a única que se conectava.

Por enquanto, Lia mantinha-a ligada a Alfred e E-Z, mas em breve teria de lhes contar tudo sobre os outros.

Rosalie tremeu quando os assistentes chegaram com a sua comida. Gelatina vermelha. A sua preferida. Comeu a primeira depois de lhe deitar um pouco de natas. Natas que deviam ter ido para o seu café.

Na sua cabeça, agradece à rapariga que lhe entregou a comida, porque Rosalie não consegue falar. Não conseguia falar. A sua única forma de comunicar era na sua mente...

Convocar Os Três para a visitarem na Residência dos Idosos não parecia ser a coisa certa a fazer. Por agora, deixava que Lia a guardasse em segredo, e tomava notas sobre Brandy, Lachie e Haruto e colocava-as num livro.

Teria de o esconder dos arcanjos. Guardaria um ficheiro secreto. Não ia perder o rasto destes miúdos, acontecesse o que acontecesse.

"OH!" exclamou, metendo a mão na gaveta de cima da mesinha de cabeceira ao lado da cama. Lembra-se de uma prenda. Um caderno. Na parte da frente dizia: "Feliz aniversário!"

Rabiscou as primeiras páginas. Não escrevia nada de jeito, mas quando chegou à décima terceira página. O treze para ela sempre foi um número de sorte, e começou a escrever sobre a Brandy, o Haruto e a Lachie. Havia tanto para escrever. Quando sua mão doeu, ela parou, flexionou-a por um tempo, depois voltou a escrever.

Rosalie perguntava-se se haveria outras crianças para além destas três novas. Se esperasse um pouco, talvez elas também falassem com ela. Seria melhor contar o seu segredo quando todas as crianças se tivessem revelado.

Rosalie teve o cuidado de não escrever "Segredo" ou "Privado" no exterior do livro. E estava contente por não ter vindo com uma chave. Essas três coisas fariam com que qualquer pessoa que visse o caderno o quisesse ler. Ficariam curiosos, como um gato. Havia muitas pessoas da idade dela que eram curiosas. Mas não iriam querer ler depois de verem as primeiras treze páginas desarrumadas.

Folheia o livro até ao fim. Rosalie preencheu as últimas treze páginas com uma caligrafia ainda mais desarrumada. Depois volta a pôr o livro e as canetas na gaveta e fecha-a.

Sorriu, recostou-se na almofada e descansou o braço, pensando no jantar. Pensa sobretudo na sobremesa.

CAPÍTULO XVI
ERRADO VS CERTO

Há um mundo em que vivemos, um mundo que está cheio de pessoas boas e más. Um mundo controlado por seres humanos, que têm falhas e são imperfeitos. Pessoas que não são robots... Não estão programadas para serem boas ou más.

Aprendemos a nossa vida, com o que vemos, com o que reparamos, com o que nos ensinam e com o que nos tornamos.

Aprendemos com os alicerces que nos foram lançados. À medida que crescemos e alargamos os nossos horizontes, há que fazer escolhas.

Cabe-nos a nós aplicar os conhecimentos adquiridos. Escolher entre o certo e o errado.

Ao longo dos tempos, grandes pessoas foram enganadas. Grandes e poderosas pessoas. Até adultos.

Por vezes, a decisão é fácil. Sem áreas cinzentas. Por vezes, há forças fora do nosso controlo que nos guiam. Outros pressionam-nos a seguir o seu código de ética. Por vezes, há elementos inesperados.

Imagina que estamos num caminho e alguém coloca um obstáculo. Podemos derrubá-lo ou parar e esperar que a pessoa o remova. Podemos escolher.

A vida é feita de escolhas. As escolhas que fazemos podem alinhar-nos para a vida. Seguimos essa estrada, com os tijolos colocados pelas nossas boas decisões.

Ou podemos deixar-nos levar pelo caminho errado. Enganados. Enganados para irmos contra o que sabemos ser verdade.

Quando isso acontece, tudo pode desmoronar - como peças de dominó.

E haverá consequências para as nossas acções - ou inacções. Não apenas para nós próprios. O que fazemos afecta os outros.

E, no final, depois de morrermos, somos todos apanhados e segurados nos braços dos nossos Apanhadores de Almas.

As Fúrias - três deusas maléficas - estão a assumir o controlo dos apanhadores de almas.

Os Apanhadores de Almas estão a ser roubados.

As almas estão a voar por aí sem um lar.

Almas sem lar.

O caos está no horizonte.

Onde é que vais ficar?

CAPÍTULO XVII
ROSALIE NO QUARTO BRANCO

Rosalie abriu os olhos. Estava na hora da refeição e ela tinha pedido um tabuleiro de pequeno-almoço. O seu quarto ficava a caminho da sala de jantar. Quando levavam a comida para lá, ela sentia o cheiro do bacon. Fazia-lhe crescer água na boca. E o café. Espera pela sua vez. Não tinha outra hipótese senão esperar pela sua vez.

Sabe que eles preferem alimentar os residentes na sala de jantar. Compreende a necessidade de cumprir um horário. Mesmo assim, sabia que acabariam por chegar a ela. No lar de idosos em que vivia, sempre o faziam.

Observa um cardeal numa árvore do lado de fora da janela e pensa em sair da cama para o ver mais de perto. Mas quando atirou os cobertores para trás e desceu para o tapete - sentiu-se estranha. Sentiu-se confusa.

E aterrou no Quarto Branco.

Nada tinha mudado desde que E-Z lá tinha estado. E não demorou muito para Rosalie encontrar os seus pés e começar a explorar.

Enquanto passava os dedos pelas estantes, teve uma sensação de déjà vu. Será que já tinha estado nesta sala antes?

Dirige-se para o centro da sala e vira-se. As estantes não param. Até onde a vista alcança. A altura das estantes fazia-a sentir-se tonta e tinha vontade de se sentar e recuperar o fôlego.

BINGO

Aparece uma cadeira confortável, e ela deixa-se cair nela. Inclina-se para trás e, depois, apercebendo-se de que tinha rodas e podia rodar, vira-a. E vira-a. E rodou-a. Depois fecha os olhos e descansa. Ainda bem que ainda não tinha tomado o pequeno-almoço, pois o seu estômago estava um pouco enjoado quando, por cima dela, algo se mexeu.

Ou será que o imaginou?

"Tu aí!", grita, apontando para o nada e para ninguém. "Vi-te mexer, tu, tu pequeno… seja lá o que fores, sai, sai", diz ela.

Decidindo que tinha imaginado, volta a investigar o que a rodeia. E pergunta-se como é que chegou a este lugar.

"Será que estou de volta ao meu quarto, imaginando-me neste lugar?" Usa as unhas para escavar os braços da cadeira. Observa como elas raspam marcas na superfície do couro. As marcas eram arranhões leves, suficientemente leves para serem removidos com um pouco de fricção. Afinal de contas, ela era uma convidada, e os convidados devem sempre cuidar do local que estão a visitar. Caso contrário, não voltarão a ser convidados.

Acima dela, algo se moveu novamente. Desta vez, foi acompanhado pelo som de asas a bater. Estaria um pássaro preso lá em cima, sem conseguir sair?

"Já vou, pequenino", diz ela, levantando-se e dirigindo-se para a escada.

A estrutura de madeira, como se pudesse ler a sua mente, rolou pelo chão e parou aos seus pés.

"Sobe!" disse.

Rosalie subiu, e só quando se moveu é que se apercebeu que a coisa tinha falado com ela.

"Uh, obrigada," disse ela, quando a coisa parou.

"Não tens de quê", disse a escada. "Procuras algum livro em particular?"

Rosalie riu-se. "Pensei ter ouvido um pássaro. Shhhh."

A escada riu-se. "Não há pássaros aqui, minha senhora. O som que estás a ouvir vem dos livros."

"Livros com asas?" "Sim", respondeu a escada. Depois: "Tu aí! Anda cá!"

Rosalie viu um livro preto e grosso empurrar-se para a ponta da prateleira. Depois brotaram-lhe asas da frente e de trás. Voa para baixo e aterra nas mãos de Rosália.

"Oh, meu Deus!" disse ela, olhando para a lombada. "Acho que já li este."

E ENTÃO?

O livro arrancou-se das mãos dela e voltou à sua posição original na prateleira.

"Desculpa", disse Rosalie. Depois, para a escada: "Espero não ter ofendido o Sr. Dickens."

"Se já acabaste comigo," disse a escada, "posso sugerir que saias?"

"Desculpa ter-te feito perder tempo", disse ela.

"Não fizeste nada. Estou contente por te ter ajudado."

Rosalie desceu e a escada acelerou para o outro lado da sala.

Rosalie apalpou a testa, não, não estava febril. O nível de açúcar no sangue deve ter baixado demasiado. E agora não ia poder comer, não durante horas. E a ladra da Agnes Lindsay roubava-lhe o pequeno-almoço. Entrava no quarto e comia-o todo. Quando as criadas voltassem para ir buscar o tabuleiro, pensariam que a Rosalie o tinha comido. A Rosalie e a Agnes eram inimigas.

Para não pensar no estômago, Rosalie concentrou-se nos livros. Um livro em particular. Um livro que ela adorava ler vezes sem conta quando era pequena. Chamava-se Anne do Frontão Verde, de, de... Não se lembrava do nome da autora.

"Lucy Maud Montgomery," disse a escada, enquanto acelerava para o seu lado. "Salta uma", disse ela.

"Ah, obrigada pela oferta, mas estou com muita fome, e talvez demasiado tonta para subir para cima de ti."

"Senta-te", disse a escada, "ali." Então a escada assobiou e, no alto das prateleiras, um livro avançou. Criou asas na frente e atrás e voou para as mãos de Rosalie. Ela abraçou-o ao peito.

"Obrigada", disse ela.

"É tudo?" perguntou a escada.

"Sim, a não ser que tenhas um par extra de óculos de leitura escondido algures nesta sala."

BINGO.

Os óculos apareceram e assentaram-lhe perfeitamente no nariz.

A escada voltou à sua posição anterior.

Os tornozelos de Rosalie doem.

BINGO.

Um pé estalou debaixo dos teus pés.

Abre o livro. Abre o livro e vê um desenho de Anne Shirley, a homónima do livro. Passa o dedo pelos contornos do cabelo ruivo da menina órfã.

Anne piscou o olho a Rosalie. Esta pestanejou e depois sorriu. Ela já tinha ouvido falar de livros interactivos, mas este era o máximo!

Com as mãos trémulas, desdobrou o mapa do Canadá. Os seus olhos seguiram as setas que levavam à Ilha do Príncipe Eduardo. Na sua mente, percorreu a distância - chegando ao Frontão Verde. Do lado de fora da casa estavam os Cuthberts. Espera por Anne.

Vira a página e começa a ler. Ria-se de cada situação em que Anne se metia.

Depois, o estômago de Rosalie roncou e ela desejou algo muito pouco parecido com um pequeno-almoço. Uma salada de gelatina. Algo que a sua mãe costumava fazer em ocasiões especiais para ela, quando era pequena. A sua parte preferida era o chantilly por cima.

BINGO.

Ali, à sua frente, estava uma salada de gelatina com camadas de arco-íris e uma bola de chantilly por cima. Pensa na colher e

BINGO.

Apareceu uma. Mas depois lembra-se de como a sua mãe e o seu pai a repreendiam, se ela comesse a sobremesa primeiro. Pensa em puré de batata. Quente, a vapor, com manteiga a derreter por cima. Oh, e bolo de carne com ketchup. E ervilhas acabadas de colher do jardim.

BINGO.

À tua frente estava uma tigela enorme de puré de batata. A manteiga derretia pelos lados. Era uma obra de arte. Parecia quase demasiado bom para comer.

Ao teu lado estava um quadrado de rolo de carne com um pouco de ketchup por cima.

E numa tigela à parte, ervilhas. Com um raminho de hortelã em cima.

Sorri. Em pequena, não gostava que os seus alimentos se tocassem. Nesta sala, o cozinheiro sabia do que ela gostava.

Mas o chefe tinha-se esquecido de lhe dar os utensílios para comer. Imagina uma faca e um garfo.

BINGO.

Também chegaram. Come com avidez. Cuidado para não danificares Anne do Frontão Verde. O livro, sentindo a necessidade de proteção, voou e pairou no ar, onde Rosalie o podia alcançar facilmente.

Rosalie comeu tudo, incluindo a salada de gelatina, que balançava na colher.

Quando acabaste

BINGO

os pratos, talheres, etc., desapareceram.

Depois de alguns momentos de agradecimento pela comida que lhe tinha sido dada, olha para o livro.

O livro voou para ela e ela continuou a ler.

Lê e espera.

O quê, ou quem esperava, não sabia.

CAPÍTULO XVIII

CHARLES DICKENS

Na cidade de Londres, Inglaterra, um contentor metálico caiu do céu.

O contentor em si não era comprido, nem parecido com um silo. Na verdade, o que mais se assemelhava a um contentor era uma cápsula. A diferença é que este objeto tinha uma forma quadrada e não tinha janelas. Em vez de janelas, era espelhado em todos os lados. Além disso, como era plano, quando caiu na água, deslizou com uma força tremenda. Aterrou na margem do rio Tamisa.

A ver tudo isto acontecer, estavam dois detectoristas chamados John e Paul. Ambos estavam na casa dos trinta anos. Ganhavam a vida com os lucros da deteção. Por isso, eram considerados Detectores Profissionais.

O horário de trabalho dos Detectores variava. Trabalhavam por conta própria e eram responsáveis pela manutenção e gestão das suas ferramentas.

Um Detetor necessita de muitas ferramentas. Não quer sair para uma escavação sem estar preparado. A maioria leva uma caixa de ferramentas consigo para todo o lado. No seu interior, encontra os objectos essenciais. Para citar apenas alguns: auscultadores, capas de chuva, arneses, ferramentas de escavação, espátulas, um cinto de ferramentas, avental (com bolsos), uma bolsa à prova de água, mochila, saco do lixo.

A maior parte das escavações do John e do Paul foram feitas em Londres, no Tamisa. Como exigido por lei, tinham licenças Standard e Mudlark. Estas eram concedidas pela Autoridade do Porto de Londres.

A licença permitia-lhes escavar até uma profundidade de 7,5 cm, se necessário (a escada era necessária quer pretendesses escavar ou não).

No caso do objeto quadrado - que tinha caído à sua frente - era preciso pensar um pouco. Antes de o irem buscar e de o reclamarem.

"Queres dar uma olhadela mais de perto?" perguntou Paulo.

João, que não falava muito, acenou com a cabeça.

Avançam com as ferramentas na mão. As suas botas de cano alto esmagavam-se, deslocando lama e água a cada passo. A margem do rio estava frequentemente muito suja, depois de vários dias de chuva constante.

"Reclama!" disse Paulo.

"É justo", disse João.

Apesar de ambos terem visto aquilo exatamente ao mesmo tempo, ele sabia que aquilo era uma reclamação em seu nome também. Eram parceiros, sempre tinham sido e nada iria mudar isso.

Ambos seguiram em frente até lá chegarem. Era como uma bola de espelhos quadrada e, quando tentaram examiná-la, tudo o que viam era o seu próprio reflexo.

"Preciso de cortar o cabelo", disse João.

O Paulo zombou, enquanto tocava no lado da bola com a ponta da bota. "Tens de arranjar uma maneira de a abrir", disse ele.

"É demasiado grande para nós rolarmos", disse João, enquanto tirava uma fita métrica do bolso e media a altura de um dos lados. Mostra os resultados a Paulo, que diziam 60 centímetros.

Andaram à volta do objeto. Pára para bater, bater de vez em quando. Com cuidado para não deixarem impressões digitais sujas no objeto espelhado. Mas esperando que tocassem num botão secreto e o abrissem.

E escuta. Para garantir que não estava a fazer tique-taque.

"Talvez devêssemos levá-lo ao museu ou comunicar a nossa descoberta?" Paul sugeriu. "Eles mandariam um camião ou uma grua para a recolher e transportar. Depois de a brigada de minas e armadilhas dar uma vista de olhos."

João abanou a cabeça.

"Se mandarem a brigada de minas e armadilhas, rebentam com ela. Vai haver vidros partidos por todo o lado e a nossa reivindicação será inútil."

"É verdade, é verdade," disse Paul. "Aqueles tipos adoram rebentar com as coisas. Quero dizer, é uma vantagem, não é?"

"Acho que sim. O que é que vamos fazer agora? Não está a fazer tic-tac. Estamos seguros quanto a isso."

"Sim. Não precisas de ir à esquadra", disse Paul. Anda à volta do objeto, com as mãos atrás das costas. Era o seu andar pensativo. João seguia atrás dele, acompanhando os seus passos, com as mãos atrás das costas.

Paulo disse: "Temos de descobrir o que é e quantos anos tem. Só temos de reclamar certas coisas, de acordo com a Lei do Tesouro de 1996. Não parece ser ouro ou prata e não parece ter mais de trezentos anos. Este achado pode ser nosso e só nosso, ou seja, talvez não precisemos de o comunicar ao nosso FLO (Finds Liaison Officer) local.

"Definitivamente não é ouro ou prata", disse João, batendo no objeto metálico e ouvindo. Parecia oco. Bateu-lhe em alguns sítios e ouviu.

Acima deles apareceram duas luzes.

Uma era verde e outra amarela.

Pousam no topo do objeto.

"Xô!" disse Paulo.

"Estamos a ficar loucos?" pergunta o João, coçando a cabeça.

"Não me parece", responde Paulo.

As luzes levantaram-se e flutuaram. Ambas caíram para o pé do contentor. Quando assentaram, as luzes levantaram-no e mantiveram-no no lugar. Segundos depois começou a rodar, primeiro lentamente, depois mais depressa. Em breve estava a rodar a uma grande velocidade. Enquanto girava, começou a cantar com uma voz aguda.

Os detectores caíram de joelhos e taparam os ouvidos com as mãos. Os seus corpos estavam cheios de náuseas, como se estivessem enjoados. E tinham muito medo.

"O que é que está a acontecer? gritava o João.

"Acho que a coisa está a eclodir! respondeu o Paulo.

Enquanto o contentor caía no chão, pulsava. Tremeu. Tremeu. Quando a caixa espelhada se abriu, uma parte dela desceu como uma ponte levadiça para a margem relvada do rio.

"Arrrgggggggh!" gritaram os detectoristas.

Esperaram, olhando através do espaço entre os dedos. Já não estão interessados em reclamar a coisa. Já não estás interessado no seu valor.

Aparece um rapazinho.

"É um miúdo", diz Paulo, levantando-se.

João também se levanta e põe as mãos nas ancas.

"Espera", diz Paulo. Espera," disse Paulo. "Está vestido como um daqueles miúdos de Oliver Twist."

"Eu renasci", exclamou o rapaz, inclinando o boné e voltando a colocá-lo na cabeça. Espreguiça-se, boceja, e depois observa o que o rodeia. "Olha, ali! Olha, ali! Os edifícios do Parlamento. Mudaram desde a última vez que os vi. E ouve", diz, enquanto o relógio bate uma, duas, três vezes. "Porque é que puseram o Grande Sino numa gaiola?", pergunta.

"O que queres dizer com uma gaiola? E chama-se Big Ben", disse Paulo. "E porque estás vestido assim? Vais a uma festa de máscaras?"

O rapaz deu uma palmadinha na parte da frente do seu colete. Verifica se o colete está bem abotoado e se as pernas das calças estão bem descidas. Estava mais habituado a usar calças curtas e as mais compridas queriam sempre abotoar-se. Na cabeça, tem um chapéu que tira antes de voltar a falar.

"Sabes o caminho para Portsmouth?", pergunta. "A tua mãe e o teu pai vão ficar preocupados comigo."

Os detetores olharam um para o outro, mas nenhum falou. Pela primeira vez nas suas vidas, ficaram sem palavras.

"Vou-me embora", disse o rapaz, voltando a pôr o chapéu.

POP.

POP.

Hadz e Reiki chegaram e, bloqueados, voaram diretamente para a frente dos olhos do rapaz.

"Charles Dickens, tens de ficar com estes dois homens. Eles vão levar-te para onde precisas de estar. Tens de estar com o E-Z."

"O que é que eles disseram?" Disse John, esfregando os ouvidos. "Acho que estou a ficar louco."

"Disseram-te que ele é o Charles Dickens. Charles Dickens! E é suposto nós ajudarmos-te a chegar ao E-Z, seja ele quem for, quando está em casa," respondeu o Paulo.

Charles Dickens. O Charles Dickens. Também conhecido como o parente distante do E-Z e do Sam... Inclinou o boné para as duas criaturas parecidas com fadas. "Uma vez tive um livro, com uma fada na capa, de Grimm. Conheces?", perguntou.

Hadz e Reiki riram-se e depois desapareceram.

POP

PÔP.

Charles Dickens volta a pôr o chapéu: "Vou para Portsmouth. Começa a andar.

"Não, não vais", disseram os detectoristas em uníssono.

"Claro que vou", disse ele.

"Portsmouth é uma longa caminhada", disse John.

Atrás deles, o cubo espelhado começou a abanar e a chocalhar. Depois falou: "Este cybus autem speculatam vai autodestruir-se em 5, 4, 3, 2, 1, 0."

Os detectoristas caíram no chão, cobrindo a cabeça com as mãos.

E DESAPARECE.

E desaparece.

"Ufa!" disse Dickens. Depois aponta para o London Eye. "Que raio é aquilo?", pergunta.

Os detectoristas correram à frente de Charles. Liderando o caminho e abrindo o caminho. Como dois defesas de futebol, mantinham-no seguro. Desvia-te das bicicletas, dos peões e dos cães vadios. Conduzindo-o para outros caminhos para evitar eléctricos, táxis e trotinetas.

"Chama-se The London Eye e podes ver quilómetros e quilómetros lá de cima."

"Há alguma hipótese de comermos alguma coisa em breve?" Charles perguntou, esfregando o estômago.

"Porque não vens para a nossa casa e tomas uma chávena de chá primeiro," perguntou Paul. "A minha mãe faz uma chávena de chá muito boa e até é capaz de acrescentar um biscoito ou dois."

"Parece-me bem," disse Dickens. "Depois tenho de ir para casa. A mãe deve estar a perguntar-se onde estou. Não é suposto eu ficar na rua até tarde e, tendo em conta onde está o sol, acho que se vai pôr em breve."

Quando se aproximaram de Convent Gardens, Dickens reparou numa placa. "Olha aqui", disse ele. "O meu nome está escrito aqui."

João e Paulo olharam para Charles Dickens.

"O quê?", disse ele.

"Vais ser o autor britânico mais famoso de todos os tempos", disse John. "E Oliver Twist é uma das tuas personagens mais famosas."

"Achas que sim?" perguntou Charles.

"É", disse Paul. "E não quero ofender-te nem nada, mas, sabes, William Shakespeare também é bastante famoso", disse Paul.

"Sabes, Shakespeare também é muito famoso. Eu escrevi peças de teatro?" perguntou Charles.

"Não, escrevias romances. Bem, então, talvez tenhas razão."

Chegam a casa de Paul: "Mãe, este é Charles Dickens", diz ele.

Ela estava na cozinha, com um avental e limpou as mãos na parte da frente do avental antes de apertar a mão de Charles.

"Tens alguma relação com O Charles Dickens? perguntou a mãe do Paul.

"É um prazer voltar a ver-te", disse John, mudando de assunto. "Posso ser tão indelicado e pedir-te uma chávena de chá com pão e manteiga?

"Vocês os três vão para dentro e sentem-se, que eu já trago", disse ela, empurrando-os para fora da cozinha.

Sentam-se na sala da frente. O Paulo sentou-se perto da janela para poder olhar para fora através das cortinas de rede.

Entretanto, João e Paulo estavam a pensar da mesma maneira. Como tinham descoberto Charles

Dickens e como podiam ganhar algum dinheiro com isso.

Paulo procurou: Quando é que Charles Dickens morreu? Responde: 1870. Mostra o ecrã a João.

"Porque é que querias ir a Portsmouth?" pergunta João.

"Porque querias ir a Portsmouth?", pergunta João.

"Tens mais livros?", pergunta Paul. "Quero dizer, livros que ainda não tenhas publicado?"

"Não sei", diz Charles. "Escrevi muitos livros?"

"Sim, escreveste mesmo Charles," disse John.

"Escreveste algum bom? perguntou Charles.

"Li Oliver Twist quando era miúdo e Grandes Esperanças também. Excelente, mas um pouco longo para o meu gosto", disse Paul.

"Um Conto de Natal foi bom", disse John, "Não muito longo e uma excelente lição aprendida."

A sala ficou em silêncio durante alguns minutos.

"Preciso de encontrar este Ezequiel Dickens - ou, como é conhecido pelos amigos, E-Z", disse Charles. "Não sei como é que sei isto, mas acho que ele vive na América. Boceja e mal consegue manter os olhos abertos.

A mãe de Paulo entra, com um tabuleiro cheio de guloseimas. Todos comem até se fartarem e Charles adormece na cadeira.

"Ah, o pequenino está a dormir profundamente," diz a mãe do Paulo, enquanto lhe põe um cobertor por cima.

"É tão pequenino", disse ela.

"Mas é um dos maiores escritores.

O João interrompeu: "Escrever está-lhe no sangue, por isso pode ser que um dia venha a ser um grande escritor."

A mãe do Paulo riu-se e depois subiu para o seu quarto para ver um pouco de televisão.

Entretanto, Paulo e João discutiam o que deviam fazer com Charles Dickens.

"É pena não podermos ficar com ele," disse o João.

"Bem, acho que o museu não o aceitaria", disse Paulo.

Ambos concordaram em fazer alguma pesquisa sobre Charles Dickens na internet.

POP

OLHA.

João e Paulo olham para a frente como se estivessem a dormir. Apesar de estarem muito longe. Hadz e Reiki cantaram-lhes uma canção que era mais ou menos assim:

"Charles Dickens é apenas um rapaz.

Não é um brinquedo de detetor.

Ajuda-o a encontrar o seu primo nos EUA.

Faz isso de manhã ou pagamos-te!"

Esta canção andou às voltas na cabeça do John e do Paul até eles saberem o que tinham de fazer.

"Vamos encontrar o E-Z Dickens," disse o Paul.

"Sim, é a coisa certa a fazer", disse o João.

POP

E FORAM-SE EMBORA.
E eles foram-se embora.

CAPÍTULO XIX

ROSALIE NASCIDO

Rosalie estava a ficar cansada de ler Anne de Green Gables. Quanto mais velha ficava, mais difícil era para ela concentrar-se numa coisa durante muito tempo. Tira os óculos e deseja ter uma máscara de lavanda para cobrir os olhos.

BINGO.

Uma máscara macia com um aroma a lavanda bloqueia a luz e acalma os seus olhos cansados.

"É como se houvesse um génio mágico aqui dentro!", disse ela, fechou os olhos e adormeceu.

Quando acordou, algum tempo depois, e tirou a máscara, estava de novo na sua cama, na residência de idosos. Estaria ela louca ou tinha feito uma viagem na sua mente?

Rosalie sentia um pouco de frio, provavelmente devido ao ambiente frio e estéril em que se encontrava. Em certas alturas do dia, a temperatura descia.

Nessas alturas, repara que os residentes estavam nos seus quartos, enquanto os assistentes se arrumavam. Como estavam a trabalhar muito, não se apercebiam do frio. Não como os idosos que não estavam a fazer nada.

BINGO.

A gaveta de baixo do seu armário abre-se e a sua camisola vermelha, macia e fofa, voa na sua direção. Ela segura-se a si própria, enquanto ela enfia os braços nela. Aconchega-se, sentindo o seu calor, enquanto a coisa se abotoa.

"Este é um acontecimento muito estranho", disse ela.

Fica sentada em silêncio, sonhando com uma chávena de chá quente com muito açúcar e leite.

BINGO.

Um bule de chá elegante com flores em cima chegou a uma mesa próxima. Quando o chá ficou em infusão, deitou-o numa chávena a condizer, acrescentou dois torrões de açúcar e um pouco de leite.

"Três torrões, por favor", pediu Rosalie.

Adiciona um terceiro torrão.

A chávena de chá num pires flutuou na sua direção.

"Que tal um biscoito ou dois?" perguntou ela.

Pára em pleno ar.

BINGO.

Agora, no pires, estavam dois biscoitos.

"Esqueceste-te de uma colher de chá!

BINGO.

"Obrigada", disse ela, ainda a pensar se estaria a ter alucinações e/ou a perder o juízo.

Mesmo assim, o chá estava quente, mas não demasiado quente. Doce, mas não demasiado doce. E caiu muito bem com os biscoitos.

Quando ela bebeu até à última gota da chávena....

BINGO

Desapareceu-lhe da mão.

Pergunta-se quanto tempo durarão estes truques de magia, ou truques da sua imaginação. Enquanto durassem, aproveitava-os ao máximo.

"Espera um minuto!"

Lembra-se do livro. Aquele que não queria que ninguém pudesse ler.

"Podes", perguntou para o ar, "arranjá-lo para que o outro possa ler o meu livro." Estica a mão para a gaveta e levanta-a. "Então, os únicos que o podem ler, para além de mim, são a Lia, o Alfred e o E-Z. Mais ninguém. Mais ninguém. Se mais alguém o encontrar, e folhear as páginas, elas estarão todas em branco."

Espera por um sinal. Ou um barulho, mas não houve nenhum.

Devolve o livro à gaveta, vira-se e volta a adormecer.

POP

POP

"Ela já está a dormir?" perguntou Hadz.

"Acho que sim. Está a ressonar!"

"Tem cuidado para não a acordares. Mas precisamos de a trazer para bordo - quero dizer, oficialmente."

"Os arcanjos deram-lhe poderes para vigiar a Lia, o E-Z e o Alfred. Eles sabem sobre ela", recordou Reiki.

"Isso é verdade, e ela vai ser leal a esses miúdos. E aos outros. Os arcanjos não sabem nada de específico sobre eles - e acho que é melhor assim."

"Concordas. Então, o que é que precisamos de fazer. Para que seja assim?"

"Rosalie," Hadz sussurrou diretamente no ouvido esquerdo dela. "Tu queres ajudar Lia, E-Z e Alfred, não queres?"

"Sim," Rosalie murmurou.

Reiki falou. "E os outros? Estás disposta a protegê-los? Estás disposta a protegê-los, mesmo dos arcanjos?

"Sim", respondeu Rosália.

"Muito bem", disse o Reiki. "Agora, vamos dar um impulso à tua memória. Não queremos que ela se esqueça do que concordou em fazer, pois não?"

Hadz e Reiki cantaram uma canção,

"As memórias são coisas bonitas.

Que flutuam como anéis de fumo.

Volta para trás e para a frente, para a frente e para trás

Deixa que as memórias da Rosalie a mantenham no caminho certo.

Magia, magia no ar e no mar

Vincula o nosso contrato com a Rosalie."

POP

POP

Hadz e Reiki foram-se embora, enquanto a velha Rosalie continuava a ressonar.

CAPÍTULO XX

COUSINOS

De manhã, em Inglaterra, enquanto a chaleira estava a ferver, John e Paul preparavam-se. O computador estava ligado e o motor de busca estava aberto.

"Vou fazer o chá", diz João.

"Vou começar a escrever", disse Paulo, enquanto escrevia Ezequiel Dickens na barra de pesquisa. "Oh," disse ele. "Agora é que foi inesperado."

John chegou com um tabuleiro de chá, torradas quentes com manteiga e um frasco de marmelada à parte.

"Descobriste alguma coisa?", perguntou ele.

"Dá uma vista de olhos nisto", disse Paulo, virando o ecrã e mexendo os torrões de açúcar no seu chá.

É o site do Super-Herói dos Três. Viram como E-Z se apresentava, seguido de Lia e Alfred.

"Isto é a sério?" perguntou João. "Parecem três personagens do canal de desenhos animados."

Depois começa a recriação do salvamento na montanha russa. Paulo carregou em PAUSA. Abre outra janela. Digitou Amusement Park Rescue E-Z Dickens. Apareceu um jornal com um artigo sobre o assunto. "É legítimo", disse ele.

"Então, o parente do Charles é um super-herói?"

"Achas que somos parecidos?" perguntou Charles. Ainda estava meio a dormir com o pijama enorme que lhe tinham dado para dormir. Tira uma fatia de torrada do prato e morde-a.

"Tens os dois narizes de Dickens", disse John.

Charles olhou mais de perto para a parte pausada do ecrã.

"Com base na data do teu nascimento", disse Paul, pesquisando no Google, de 1812 até hoje, E-Z seria o teu sétimo ou oitavo primo afastado."

"O que é que significa um primo afastado?"

"Significa o número de gerações que te separam", disse João.

"Então, o meu antepassado é um super-herói. O que é um super-herói? É como em Sir Gwain e o Cavaleiro Verde?"

"Ah, lembro-me de ter lido isso na escola quando era miúdo, sim, os cavaleiros e os super-heróis são parecidos", disse Paulo.

João desceu o ecrã para ver se o E-Z Dickens era mencionado noutro sítio. Havia vídeos no YouTube em que ele jogava basebol antes e depois de estar numa cadeira de rodas.

"É um grande atleta", disse John. "E pratica desporto numa cadeira de rodas."

"O jogo é parecido com o Rounders", disse Charles.

"Espera, aqui está uma coisa sobre os pais dele", diz Paulo.

Lê os obituários dos pais de E-Z, sobre o acidente que lhes tirou a vida.

"Pobre rapaz", diz Charles. "Pelo menos agora tem o irmão do pai, o Sam, para tomar conta dele."

"Porque não lhe damos um toque?" perguntou Paul. Abre o telemóvel e liga para as informações.

Charles olhava por cima do ombro, enquanto Paul falava para o telemóvel e uma voz de mulher respondia. "Preciso de uma chávena de chá", diz ele.

John foi à cozinha buscar-lhe uma chávena.

Entretanto, Paulo pediu o número de um Ezequiel Dickens na América do Norte. Depois de ter marcado e o telefone ter começado a tocar, Paulo colocou-o em alta-voz.

"Está lá?", disse Sam.

Charles quase deixou cair a chávena de chá.

"Olá, o meu nome é Paul e estou a ligar de Londres, Inglaterra. Gostaria de falar com Ezequiel Dickens, por favor."

"Sou o tio dele, posso perguntar-te do que se trata?" Sam desceu o corredor até ao quarto de E-Z.

Os três estavam a ver um filme no novo televisor de ecrã plano. Sam pegou no comando e carregou em MUTE. Depois põe o telefone em alta-voz.

"Para ser sincero, não tenho bem a certeza", disse Paul. "Não sou eu que quero falar com ele, mas sim..."

"Eu." Uma nova voz tomou conta do telefone. A voz de uma pessoa mais nova.

"E quem és tu?" Sam perguntou-te.

"O meu nome é Charles Dickens."

Sam passou o telefone ao sobrinho. "Diz que o nome dele é Charles Dickens."

"Eu disse-te que ia acontecer algo estranho hoje", disse Alfred.

"Eu também", disse Lia, "mas não sabia que ia envolver Charles Dickens!"

E-Z hesitou antes de dizer: "Este é E-Z Dickens, uh, Sr. uh, Charles. Em que te posso ser útil?"

Charles riu-se. Ri-se de forma nervosa. Não sabia o que dizer. Nunca tinha falado com alguém que estava do outro lado do mundo.

"Eu voltei," ele deixou escapar. "Para te encontrar. O John e o Paul, os meus amigos, são (colocou a mão sobre o telefone) - detectoristas..."

E-Z nunca tinha ouvido o termo detectoristas antes.

"Usam aparelhos para encontrar coisas", disse Alfred.

Paulo tomou a palavra. "Uma coisa caiu no rio. Charles Dickens estava lá dentro. Duas luzes, uma verde e uma amarela, disseram-nos que Charles precisava de entrar em contacto com E-Z Dickens."

"Que tipo de coisa?" perguntou E-Z. "Era como um silo?"

"Fala o John", disse uma nova voz. "Não, era um cubo. Um cubo espelhado."

E-Z colocou a mão sobre o telemóvel, "Não me parece uma daquelas coisas de silo."

"Foram os anjos que te enviaram?" Lia disse: "Já agora, eu sou a Lia e a outra voz que ouviste era o Alfred. Estamos aqui juntamente com o E-Z e o Sam".

"É um prazer conhecer-te a todos", disse Charles.

"Que idade tens? pergunta E-Z.

"Tens cerca de dez anos, acho eu. É verdade que somos primos?"

"Sim", disse E-Z, "e o tio Sam também é teu primo".

"Estamos ligados através do espaço e do tempo", disse Charles.

"E-Z também é escritor", disse Sam.

E-Z encolheu-se e as suas bochechas ficaram quentes.

Sam acotovelou o sobrinho e trouxe-o de volta à realidade.

"Isto é muito para processar, Sr. Dickens, quero dizer, Charles. Temos de planear a tua vinda para cá, ou isso ou eu posso ir ter contigo. Podes ficar com o João e o Paulo por um bocado e voltamos a entrar em contacto quando descobrirmos o que fazer?"

Paul disse: "Sim, a mãe diz que o Charles não te dá problemas. Pode ficar connosco o tempo que quiser."

"Eu ligo-te de volta", disse E-Z.

O telefone desligou-se.

"Já agora, Sam disse: "Não havia nada de útil no disco rígido de Arden. Para além de confirmar que estavam juntos online a jogar um jogo de tiros multijogador."

"É bom saber", disse E-Z, que já tinha percebido isso por si próprio.

CAPÍTULO XXI

O PLANO E ROSALIE

No seu quarto, E-Z, Lia e Alfred, juntamente com o tio Sam, discutem a conversa que tiveram.

"Não acredito que o verdadeiro Charles Dickens nos telefonou", diz Sam.

"Sim, mas o que eu não percebo é porque é que ele está aqui. E porque é que ele veio para cá", disse E-Z. "Quer dizer, ele tem dez anos - pensa. E o seu modo de viajar parece estranho, uma caixa quadrada espelhada. Que raio é isso?"

"Não parece uma nave espacial", disse Alfred, "Não que saibamos como seria uma."

"Espera um minuto!" disse Lia.

E-Z olhou para ela. "Estás a pensar no mesmo que eu?"

Ela acenou com a cabeça.

"O QUE É QUE ESTÁS A PENSAR?" perguntou Alfred.

"Lembras-te quando os arcanjos nos chamaram, para nos dizer que um de nós tinha de morrer?" Lia perguntou.

Alfred e E-Z acenaram com a cabeça.

"Pensa no contentor. Como se estivesses dentro dele outra vez e te lembrasses das coisas que encontrámos. Os papéis que encontrámos?"

"Estou a ver onde queres chegar. Referes-te à informação do outro mundo. Referes-te às nossas vidas em dimensões alternativas?" Perguntou E-Z.

"Exatamente", disse Lia.

Alfred balançou para cima e para baixo na cama.

"O que queres dizer? Pergunta o Sam.

E-Z explicou, o melhor que pôde.

"Então, deixa-me ver se percebi bem", disse Sam. "Todos nós temos vidas a decorrer, noutro sítio que não aqui. Quero dizer, na Terra. Há outras versões de nós mesmos, vivendo vidas diferentes da nossa. Em tempos diferentes, espaços diferentes, dimensões diferentes"

"Tens razão", disse E-Z.

"Então podemos mudar as nossas vidas? Sam perguntou. "Quero dizer, mudar o resultado? Podes impedir que aconteçam coisas terríveis?

"Acho que não", disse Lia. "Mas eu não sei o quanto eles querem que saibamos sobre as outras dimensões. Mas, pelo que Eriel nos disse, nós somos o centro. Tudo o resto que acontece gira à nossa volta, e as vidas que estamos a viver agora."

"Então," disse Alfred, "o facto de Charles Dickens estar aqui tem de ter alguma coisa a ver com a Eriel e os outros."

"Sim, é o que eu também estou a pensar", disse E-Z. "Mas porquê agora? Os julgamentos já terminaram. A escolha foi deles. Mesmo assim, parece que não me conseguem deixar em paz."

"Traz de volta Charles Dickens. E ainda por cima numa versão de dez anos! Não faz sentido nenhum para mim", disse Lia.

"Talvez quando o conhecermos", disse Sam, "tudo faça sentido".

"Não se envolver a Eriel," disse E-Z. "Nada é tão simples com ele.

"Parece que uma viagem a Londres é a nossa única maneira de descobrir.

"Parece que não estive lá há muito tempo."

"Sim, é fácil para ti ir. Tudo o que tens de fazer é apontar a tua cadeira na direção certa e lá vais tu", disse Alfred. "Enquanto que para mim, há muita energia envolvida com todo aquele bater de asas, e o vento é um fator.

"Podias entrar num avião se o Tio Sam fosse contigo", sugeriu E-Z. "Tudo o que terias de fazer era sentar-te num lugar com os outros passageiros e aproveitar a viagem.

Alfred baixou a cabeça.

"Não estou a dizer isto para te fazer sentir mal. Só te estou a lembrar que estamos todos no mesmo barco."

"Eu percebo-te. E obrigado."

Pronto, agora vamos voltar ao assunto em questão", acrescentou E-Z. Desliga a televisão.

Lia olha para a frente, como se estivesse em transe. "Rosalie!" exclama.

"Quem? pergunta Alfred.

Lia continua a olhar para o espaço.

"Lia está bem? Sam perguntou-te. "Mal respira.

Lia levantou-se. "Tenho uma coisa para te dizer. Conheci uma pessoa, não em pessoa, mas na minha cabeça. Ela está na minha cabeça e tenho estado a falar com ela há algum tempo. Ela pediu-me para não te dizer nada - ainda. Acho que isto pode estar relacionado com esta coisa da reencarnação de Charles Dickens."

"Estamos a ouvir," disse E-Z, inclinando-se para mais perto.

"O seu nome é Rosalie. Vive num lar de idosos em Boston - e é bastante idosa. Sofre de demência."

"Não é aquela que causa perda de memória?" perguntou Alfred.

Mas no momento em que Rosalie ouviu Lia mencionar o seu nome, foi transportada na sua mente e no seu corpo para o quarto de E-Z. Pairou por cima deles, ouvindo atentamente cada palavra que era dita. Limpa a garganta, para ver se eles a podiam ver ou ouvir - não podiam. Deseja ter trazido o caderno e a caneta.

BINGO.

Ambos chegaram às suas mãos. Sorri e começa a tomar notas.

"Queres dizer que vocês os dois estão a ligar-se através de ESP?" O Alfred perguntou-te. "Pensava que eu era o único que tinha ESP?"

"Não é exatamente ESP, não me parece. Não da mesma forma que tu tens."

"Como assim?" perguntou Alfred.

"As memórias da Rosalie desapareceram. A maior parte delas, pelo menos. Nem sequer reconhece a família quando a vêm visitar. Não a visitam muitas vezes. Não se importa, porque não gosta deles. Mas, de alguma forma, ficámos ligados. E ela sabia tudo sobre nós e os nossos poderes. Tem olhado por nós, mais ou menos."

"Porque é que nos estás a contar isto agora?" E-Z perguntou-te.

"Porque ela disse que não havia problema. E também mencionou a Sala Branca. Ela esteve lá não uma, mas duas vezes. Da primeira vez, regressou em segurança à sua cama - mas desta vez não. Diz que está lá agora, e que não a deixam ir para casa."

"Como ambos sabem, eu já estive numa Sala Branca", disse ele. "Foi onde os Arcanjos fizeram as primeiras promessas e me disseram que eu voltaria a estar com os meus pais. Basicamente, foi onde me trouxeram para bordo usando as provações."

Sam acrescentou: "A Eriel raptou-me uma vez para a Sala Branca. Foi bastante agradável, pelo menos no início - até que ele não me deixou sair."

"Sim," disse E-Z, "Eriel não tem tato. E é um sítio muito fixe. Consegues tudo o que pedes pensando nisso - como magia. E há livros - livros com asas. Mas eu não quero entrar em muitos detalhes aqui - vamos concentrar-nos na Rosalie. O que é que está a acontecer agora?"

Rosalie riu-se, pensando que se dissesse a Lia que estava em dois sítios ao mesmo tempo? Não, isso poderia assustá-las. Conversa com Lia na sua cabeça e conta algumas mentiras brancas pelo caminho.

"Diz que está a fingir que está a dormir. Lembra-se de dois pontos, um verde e um amarelo, a flutuar à frente dos seus olhos."

"Hadz e Reiki", disse E-Z. "Diz-lhe para não ter medo deles. Eles são os bons."

Ah, Rosalie suspirou. Depois apercebe-se que esta pode ser a oportunidade de que tem estado à espera. Para contar aos Três sobre os outros. Pensa cuidadosamente, depois decide que está na altura de partilhar o que sabe.

"Oh, espera, ela quer que eu te diga uma coisa." Lia olhou para a frente enquanto a voz de Rosalie fluía por entre os seus lábios, "Há outros como tu, eu vi-os. Acho que é por isso que estou aqui."

"Outros, como nós?" Lia, Alfred e E-Z exclamaram.

"Não sei bem o que lhes hei-de dizer sobre as outras crianças que estão aqui nesta sala. Tens algum conselho para mim? O que queres que eu diga? Será que me vão magoar? Se eu lhes contar sobre as outras crianças - será que as vão magoar?" disse Rosalie, através de Lia.

"Para ti, E-Z," disse Lia como se fosse ela própria.

"Ouve primeiro o que eles têm para dizer", disse E-Z. "Vão dizer-te o que já sabem e depois podes decidir o que precisam de saber, se é que precisam de saber mais alguma coisa."

"É um bom conselho", diz Alfred. "Sê sempre um bom ouvinte. Especialmente quando estás a ser mantido contra a tua vontade num lugar estranho."

Lia ofereceu, "Eu mantenho os rapazes aqui informados, se quiseres que fiquemos em linha - por assim dizer."

Rosalie falou usando a boca de Lia como se fosse a sua própria boca: "Preciso de manter todas as minhas faculdades sobre mim... por isso, por agora, vou dizer que acabou. Obrigada a ti e ao grupo pela ajuda. Entrarei em contacto contigo se precisar de ti enquanto estiver aqui. Caso contrário, ponho-te ao corrente quando voltar a casa, o que será em breve, pois falta-me o jantar. Esta noite tens peru, puré de batata e ervilhas". Hesitou. "Oh, e já agora Lia, esse top que estás a usar é muito bonito."

BINGO.

"Obrigada," disse Lia, olhando para a sua t-shirt, perguntando-se como é que Rosalie sabia o que ela tinha vestido.

"O quê? pergunta E-Z.

"Oh, nada," disse Lia.

Volta para a Sala Branca outra vez. Rosalie pensou que o seu bloco de notas estaria melhor guardado na gaveta da sua mesa de cabeceira.

BINGO

E eles foram-se embora.

BINGO

O jantar chegou. Tinha tudo delicioso, mas agora só conseguia pensar num batido de morango.

BINGO.

Chega um e, ao lado, uma fatia de tarte de limão.

É então que chegam Eriel e Rafael.

"Oh, oh", disse a escada, enquanto eles flutuavam em direção a ela, parecendo estar vestidos para o Halloween.

"Estás a sonhar? Ou estás morta?" perguntou Rosalie.

"Nem uma coisa nem outra", respondem os arcanjos.

CAPÍTULO XXII

ENCONTRA-TE E CUMPRIMENTA

"Vai em frente e acaba a tua refeição", diz Rafael.

"Sim, não temos nada melhor para fazer", disse Eriel.

Enquanto eles a viam comer, Rosalie tinha dificuldade em mastigar. Não conseguia saborear. E parecia mais frio. Olha para as estantes, para a escada. Ela teve a sensação de que esses dois estranhos não estavam tramando nada de bom quando ela largou a faca e o garfo.

"Antes de mais," começou Eriel, "esta conversa deve ficar entre nós e só entre nós."

Na sua mente, fala com Lia. "Estás aí, criança? Estás a ouvir?"

"Extinção."

"Desculpa," disse Rosalie, "mas podes começar de novo, quero dizer, desde o início? Sou velha e perdi a noção do que me estavas a contar."

Eriel bufou. Como um rapazinho que tivesse sido repreendido, abre as asas e voa para longe. Quando se aproximou do topo da biblioteca, cruzou os braços e esperou. Espera que o Rafael tente.

Rafael aproxima-se de Rosália.

"Os teus óculos são muito bonitos", diz Rosália. "Mas estão a fazer-me sentir um pouco enjoada com todo aquele sangue a pulsar e a flutuar lá dentro."

Eriel riu-se.

Rafael tirou os óculos e guardou-os nos bolsos do seu robe preto.

"Minha querida Rosalie", disse Raphael, "por favor ignora a rudeza do meu amigo erudito, mas estamos numa situação. Uma situação em que precisamos não só da tua ajuda, mas também da ajuda de E-Z, Lia, Alfred e os outros. Sabes a quem me refiro quando falo dos outros, não sabes?"

Rosalie acenou com a cabeça, sem dizer nada.

"Nós somos uma equipa de arcanjos e os nossos poderes são limitados. A coisa que está a acontecer por todo o mundo está a acontecer às almas.

"Queres dizer, quando as pessoas morrem? Rosalie perguntou.

"Exatamente."

"Mas isso não é mais do teu domínio do que do nosso? Tu falaste com Deus - ele conhece-te, certo? E, se estás a tentar remediar uma situação terrível, porque não lhe pedes diretamente?"

Como Rafael e Eriel não falaram, Rosalie continuou.

"Pelo que sei, quando uma pessoa morre, o seu corpo é enterrado. Ou cremado. Suas almas - se existirem - vivem em outro lugar."

Eriel estava na cara dela em segundos, rosnando. "Isso é incorreto.

Raphael empurrou-o para o lado. "É mais complicado do que tu sabes. Demasiado complicado para a maioria dos humanos compreenderem."

"Os humanos são muito inteligentes," disse Rosalie. "Já fomos à lua, inventámos o avião, a internet, o fogo. Eu não sou nenhum génio, e mesmo assim trouxeste-me aqui, para me convencer."

Eriel riu-se outra vez.

Desta vez, Rafael não se conteve e também se riu.

E riu-se. E riu-se.

Nenhum deles se conseguiu conter.

Rosalie ignorou-os. Ignora o que se passa à sua volta. A escada a atirar-se para a frente e para trás, para a frente e para trás. Os livros a saírem e a voltarem a entrar. Era um barulho tão grande. Tão barulhento. Anseia pelo sossego do seu quarto, mais uma vez.

Pensa em Anne de Green Gables.

BINGO.

O livro estava nas tuas mãos. Abre-o, encontra um marcador de livros e lê. Se eles precisavam da tua ajuda, teriam de trabalhar para isso. Agora que a tinham insultado a ela e a toda a raça humana, ela não lhes ia facilitar a vida.

"Que bom para ti," Lia sussurrou dentro da mente de Rosalie. "Estás no comando. E eu estou aqui com o E-Z e o Alfred e nós protegemos-te."

Raphael e Eriel ainda estavam a rir. Descontrolados. Saltavam um contra o outro em pleno ar, como balões presos uns aos outros.

Depois lembra-se que a tarte de limão ainda não foi comida. Põe o livro de lado, espeta o garfo e dá uma dentada. Estava perfeita. Nem demasiado doce nem demasiado azeda, exatamente como a mãe dela costumava fazer. Dá mais uma garfada.

Em cima dela, Eriel e Rafael estavam histéricos.

"Pára com isso!" Rosalie gritou. "Vocês os dois são as coisas mais mal-educadas, mais detestáveis que já conheci. E eu já conheci algumas pessoas bastante desagradáveis no meu tempo." Pousa o garfo. "Não te ensinaram boas maneiras? Não te ensinaram boas maneiras?" Pega no garfo e aponta-o na direção deles.

Eriel voou para baixo. Em segundos, estava em cima de Rosalie, com a boca aberta. Ela espetou o garfo na coalhada de limão, depois espetou-o na boca do arcanjo.

"Ewwwwww!" gritou ele. Cuspiu-o como se ela lhe tivesse dado arsénico.

"A mãe sempre me ensinou a partilhar," disse ela com um sorriso.

A palidez de Eriel mudou de preto para verde. Depois de vomitar, desaparece através da parede.

"Acho que ele não é fã de tartes?" disse Rosalie.

Lia estava a rir na mente de Rosalie.

Rafael tirou os óculos dos bolsos do roupão, limpou-os e voltou a colocá-los no rosto. Senta-se ao lado de Rosália. Estava tão perto que quase se sentava no colo dela.

Pobre Rosalie.

"SABEMOS QUE HÁ OUTROS E PRECISAMOS DE SABER QUEM SÃO E ONDE ESTÃO - AGORA!"

Enquanto ela falava, o rosto de Rafael se contorcia, tornando-se uma coisa irreconhecível.

O cabelo de Rosalie ficou em pé. O seu corpo tremeu.

"As pessoas mal-educadas nunca conseguem o que pedem e tu, minha querida, és muito mal-educada. E a tua amiga também", sussurrou Rosalie.

Rosalie voltou a ser o que era antes.

Só que desta vez o tato do arcanjo tinha mudado. E a sua voz era melosa quando ela disse,

"Vou atravessar aquela parede e juntar-me a Eriel. Em cinco minutos, voltaremos e começaremos de novo. Precisamos da tua ajuda - tens razão - e não a estamos a pedir da forma que deveríamos." Depois, para a mulher na parede: "Marca o temporizador para cinco minutos." Depois volta para Rosalie, "Quando o temporizador tocar, voltamos e começamos de novo." Como prometido, Rafael dirigiu-se para a parede e desapareceu através dela.

O relógio na parede fazia um tique-taque alto. Parecia fora do lugar. Até demasiado barulhento para a biblioteca.

"É muito irritante!", disse a escada, aproximando-se.

"Desculpa, por toda esta agitação," disse Rosalie. "Eu estar aqui só te causou o caos.

"Nós gostamos de ti," disse a escada. "Porque não te mexes um pouco? Vai fazer-te sentir melhor."

Rosalie levantou-se, esperando sentir-se cansada depois de comer uma refeição tão grande. Em vez disso, estava cheia de energia. Especialmente as tuas pernas. Parecia que tinha dez anos outra vez. Faz um salto mortal. Que divertido!

"E agora," disse Rosalie, "para o teu próximo truque. A Avózinha vai tentar não uma, nem duas, mas três rodas de carroça consecutivas," - o que ela fez. "Obrigada, obrigada!" disse ela, fazendo uma vénia e acenando como se tivesse ganho uma medalha de ouro nos Jogos Olímpicos.

NÃO TE PREOCUPES.

O tempo acabou. Eriel e Rafael chegaram.

Os arcanjos estavam vestidos de maneira diferente. Como se fossem a duas festas diferentes.

Eriel usava um fato escuro às riscas, camisa branca e gravata.

Rafael usava um vestido vermelho, tipo Mumu, que lhe cobria o corpo todo, do pescoço aos pés.

"Sinto-me mal vestida", diz Rosalie.

BINGO.

Usa agora o seu vestido mais elegante. Era aquele que ela tinha indicado que queria usar depois de morrer.

Deixou-se cair na cadeira, com os olhos postos no alto. E os arcanjos flutuam em direção a ela. As suas asas moviam-se, como as asas de uma borboleta, enquanto se aproximavam dela com graça e beleza. Os teus olhos brilharam.

"Como posso ajudar-te, meus queridos? perguntou Rosalie.

Era como se elas tivessem agora um poder sobre ela, um poder que ela não queria ultrapassar. Caiu no chão, agora ajoelhada em frente dos dois arcanjos. Rafael tocou-lhe no ombro direito e Eriel tocou-lhe no ombro esquerdo.

"Diz-nos o que precisamos de saber," disseram eles.

"Os outros estão dispersos," disse ela, e depois caiu no chão como uma marioneta sem fios.

"Ela é demasiado velha para isto", disse Eriel. "Se ela morrer, não nos servirá de nada.

"Continua, está a funcionar."

CONTINUA, ESTÁ A FUNCIONAR.

CONTINUA, ESTÁ A RESULTAR.

Hadz e Reiki apareceram, cada um sussurrando nos ouvidos de Rosalie. Ajudam-na a pôr-se de pé.

"Sai daqui, seus intrusos!" Eriel gritou com uma voz explosiva,

Rosalie saiu do transe em que a tinham posto.

"Vai-te embora!" exclamou Rafael e não se ouviu nenhum POP, mas sim um único

DESLIZA.

Rosalie pôs as mãos nas ancas, "Espero que não tenhas magoado aqueles dois queridos. Na verdade, se queres que eu considere ajudar-te, então devias trazê-los de volta para aqui AGORA, para que eu possa ver se estão bem. Recuso-me a dizer-te mais alguma coisa, até que os tragas de volta." Ela atravessou a sala, sentou-se com as costas encostadas à parede branca, fechou os olhos e esperou. Tinha o dia todo, a semana toda, o ano todo. Não tinha pressa de estar em lado nenhum ou de fazer o que quer que fosse.

PÔ.

PÔ.

"Obrigado," Hadz e Reiki disseram, enquanto se sentavam nos ombros de Rosalie.

"Estamos a estragar tudo", disse Rafael. Depois para Hadz e Reiki, "Tu sabes a situação em que a Terra está, podes ajudar-nos a conseguir a ajuda deste humano?"

Reiki disse: "Nós sabemos que há uma situação! Se não tivesses renegado o acordo com E-Z, Lia e Alfred, eles já estariam a bordo. A Rosalie não confia em nenhum de ti."

Hadz disse: "E tu não foste honesto com ela."

Hadz disse: "Com os humanos, a confiança e a honestidade são tudo."

Eriel avançou em direção a eles.

Raphael segurou-o antes de ela dizer, "Foi cometido um erro, da nossa parte, e esse erro tem causa e efeito. Estamos a tentar salvar a Terra de danos colaterais. A única maneira de o fazermos é chamar aqueles a quem foram dados poderes, poderes sobrenaturais, poderes de super-heróis. Sem eles, a humanidade falhará - e a culpa será nossa."

Rosalie levantou-se. Olha para as duas pequenas criaturas que estavam sentadas em cada um dos seus ombros. "Posso confiar nestes dois?"

"Raphael é de confiança," disse Hadz.

"Mas nós não temos a certeza sobre ele", disse Reiki.

OLHA PARA ISTO.

POP.

Ambos desapareceram, com medo de serem mandados de volta para as minas por Eriel.

Eriel subiu, cada vez mais alto, e depois desapareceu pelo teto.

Rosália muda de assunto. "Enquanto penso no assunto, podes explicar-me que lugar é este? Eu chamo-lhe A Sala Branca, mas será esse o nome correto - e porque é que sempre que eu desejo alguma coisa, ela aparece? Talvez lhe chames Sala Mágica?" Naquele momento, Rosalie pensou em E-Z, o anjo/rapaz na cadeira de rodas.

ACK.

E-Z chegou.

"Uau!" disse ele, apercebendo-se que se tinha juntado a Rosalie na Sala Branca. Pensa nos seus óculos de sol e

PRESTO

Estavam na tua cara. Anda pela sala, sentindo as pernas e o chão mais uma vez. Depois estendeu a mão e disse: "Deves ser a Rosalie."

E tu deves ser a E-Z, disse ela, "sem a tua cadeira de rodas. Este sítio é mesmo mágico!"

"E tu, olá, Rafael."

"Sê bem-vindo, E-Z", disse o Raphael. Depois para a Rosalie, "Lá se vai a discrição - isto era para ser confidencial."

"Sejam quais forem as promessas que ela te está a fazer, vai quebrá-las. Ela é inútil a manter a sua palavra - e Eriel é ainda pior, tal como Ophaniel - e tu ainda nem sequer a conheceste. Mesmo assim, para que saibas que são todos um bando de mentirosos."

"Eu percebi isso," Rosalie admitiu. "E ele foi embora, Eriel age como uma criança mimada."

"Eu gostava de ter visto isso", disse E-Z. "Parece muito pouco à Eriel, mas, pá, teria sido uma coisa espetacular de se ver.

"Chega de cordialidades", disse Raphael. "Acho que não tenho escolha, a não ser explicar-te a situação também". Pisou os pés e as suas asas caíram para os lados, amuada. Vira-se para enfrentar E-Z e Rosalie. "O mundo precisa de ser salvo, devido a um erro da nossa parte. Tu e os outros querem ajudar-nos a retificar a situação - quero dizer, a salvar a Terra, ou não?"

Rosalie e E-Z trocaram olhares.

"Vai em frente," disse ela. "Estou de acordo com o que decidires."

E-Z não respondeu de imediato.

"Se me contares tudo, eu transmito aos outros e fazemos uma votação. Somos um grupo democrático".

"Quanto tempo é que isso vai demorar?" Raphael zombou. "E como é que me vais responder? Devo, talvez, manter a Rosalie aqui como prisioneira até resolveres o assunto? Será que vinte e quatro horas é tempo suficiente?"

Rosalie disse: "Não me importo de ficar neste quarto. Há muitos livros para ler e posso pedir o que quiser. É muito mais interessante e excitante do que estar em casa."

E-Z acenou com a cabeça. Para Rosalie, disse: "Obrigado e tens razão, este quarto é muito especial. Estarás segura aqui." Depois para Rafael, "Rosalie não será tua prisioneira, na verdade será tua convidada." Um livro voou da prateleira e aterrou na tua mão. Era Harry Potter e a Câmara dos Segredos.

"Gostava de ler isso", disse Rosalie. O livro saiu da mão de E-Z e voou em direção a Rosalie. Ela apanhou-o, abriu-o e começou imediatamente a ler.

"Rosalie vai ser nossa convidada", disse Rafael. "Vinte e quatro horas, então?"

"Vinte e quatro horas", concordou E-Z.

"Espera!", gritou uma voz. Uma voz sem corpo. Uma voz que ecoa e ecoa. Até que um livro se desprendeu de uma prateleira acima. Despenha-se em direção ao chão, até que as suas asas se projetam para a frente e o salvam de partir as costas.

Rafael parece assustado com a voz. Tentou recuar, mas algo a impediu.

Rosalie e E-Z esperaram e ouviram.

"O Rafael ainda não te contou tudo", disse a voz estrondosa.

Era como se o ar vibrasse com cada sílaba, mas de uma forma boa, gentil e suave, não de uma forma assustadora de fim do mundo.

"Conta-nos", disse E-Z.

Conta-nos", disse E-Z. "Um pouco mais baixinho", sugeriu Rosalie. "Sou velha, mas não sou surda, sabes?

"Desculpa", disse a voz. Limpa a garganta. Depois sussurrou: "E-Z Dickens, lembras-te das escolhas que te demos? Lembras-te das duas opções que te demos?"

E-Z lembra-se bem delas. Uma era ficares no silo para sempre. As memórias da tua família em loop. A outra era voltares à tua vida com o Tio Sam.

"Sim."

"Diz-me o que te lembras das escolhas?", perguntou a voz.

"Disseram-me que podia ficar no contentor e reviver as memórias da minha família em loop ou voltar à minha vida com o Tio Sam."

"E o apanhador de almas? O que é que tem?

"Nada", admitiu E-Z com um encolher de ombros.

A voz berrou - como se falar agora lhe estivesse a causar dor. As prateleiras abanaram e as coisas saltaram para dentro e para fora do ar ao acaso. Primeiro foi um pickle gigante. O objeto verde girava no sentido dos ponteiros do relógio, depois no sentido contrário, e depois desaparecia.

A seguir, aparece uma bola de espelhos por cima deles. Muda de cor à medida que gira. Quando a bola começou a rodar demasiado depressa, recearam que lhes caísse em cima. Abriram-se, mas antes de o conseguirem, a bola desapareceu.

A seguir, aparece a cabeça de um palhaço. Flutua à frente deles e diz: "O que é preto e branco, preto e branco, preto e branco, preto e branco, preto e branco".

"Chega!", diz a voz.

"Desculpa", disse Rafael.

"Devias pedir!", disse a primeira voz. Depois, mais baixo, mais gentilmente, suavemente, disse, "E-Z e a sua equipa precisam de saber sobre os Apanhadores de Almas - tudo. Caso contrário, eles não vão entender a complexidade da brecha".

A voz fez uma pausa durante alguns segundos e depois continuou: "Um Apanhador de Almas apanha almas quando um corpo humano morre. É um lugar de descanso sem fim. Todos os humanos e todas as criaturas têm recipientes para onde ir. A coisa a que chamaste silo é um recetáculo de almas. Um lugar de descanso para toda a eternidade."

"Está bem", disse E-Z. "Então, o que é que isso tem a ver com o fim do mundo?"

"Eu quero ver o meu Apanhador de Almas", disse a Rosalie.

"Se tu e os teus amigos não fizerem alguma coisa, ninguém vai ter um Apanhador de Almas. Quando o teu corpo morrer, tu MORRES. E pronto. E pronto. A tua alma e as almas de todos os outros não terão para onde ir e quando uma alma não tem para onde ir, então não há propósito. Não há razão para continuares a existir. E sem almas, os humanos são meros fatos de carne".

"Espera um minuto", disse E-Z. "Estás a dizer que a pessoa que é responsável pelos Apanhadores de Almas. O que quer que lhes chames - CEO, Presidente, percebes a essência. Estás a dizer que eles foram comprometidos?"

Raphael abriu a boca para responder, mas E-Z ainda não tinha acabado de falar.

"Como é que esta coisa do Apanhador de Almas funciona? Eu já fui convocado para o meu em várias ocasiões, e nem sequer estou MORTO. Estás a dizer que estes, sejam lá o que forem, podem agora forçar-me a entrar no meu Apanhador de Almas por capricho?" Ele hesitou: "E o que é que tu sabes sobre Charles Dickens? Ele chegou num contentor espelhado, por isso não é um Apanhador de Almas. Como é que a alma dele foi de um lado para o outro? A sua ressurreição deve-se a vocês, arcanjos?"

Rafael esperou para ver se ele tinha mais perguntas.

E ele tinha.

"E os meus dois melhores amigos, PJ e Arden. Como é que eles se encaixam? Estão ambos em coma. Quero trazê-los de volta. Ajudar-te-á a ajudá-los?"

A voz na parede respondeu-te com um trovão.

"Ninguém gere os Apanhadores de Almas. Não é como uma empresa com fins lucrativos. Quando alguém morre, a sua alma é apanhada, e vive no Apanhador de Almas designado."

"Não percebo", disse E-Z. Depois, "Espera um minuto, alguém ou alguma coisa roubou os Apanhadores de Almas? E se a resposta for sim, então vou precisar de mais informações sobre quem são antes de nos envolvermos. Se vocês, arcanjos, não os conseguem derrotar, então como esperas que nós o façamos?"

A voz na parede disse a Rafael: "Bem, Eriel estava enganada quando disse que este rapaz é tão grosso como um tijolo. Consegue-o, de uma só vez. Muito bem, E-Z."

"Uh, obrigado, acho eu", disse ele. "Mas o que é que eu acertei exatamente?"

A voz continuou. "Três deusas roubaram de facto os apanhadores de almas."

E-Z abriu a boca para falar, mas antes de o fazer a voz voltou a falar.

"Charles Dickens não chegou num apanhador de almas, como suspeitavas. Os parentes de sangue têm poderes sobre o tempo e o espaço. Tu convocaste-o. Ele veio para te ajudar."

"Eu não o convoquei!" Disse E-Z.

"E, no entanto, ele voltou e sabia o teu nome e queria ajudar-te, não é verdade?"

E-Z acenou com a cabeça.

"E quanto à tua última pergunta, sim, a vida dos teus amigos está em perigo por causa das três deusas."

"Deusas?" E-Z repetiu. "Como na mitologia grega? São reais? Pensei que todas essas histórias fossem ficção".

"São baseadas em factos históricos", disse Rafael.

"Não podemos enfrentar uma equipa de deusas mitológicas!" exclamou E-Z. "Não podes enfrentar uma equipa de deusas mitológicas!

"Os riscos são muito maiores se não o fizeres, porque não temos mais ninguém a quem pedir ajuda. Não há Batman, não há Homem-Aranha, não há super-heróis na vida real. Os únicos heróis são vocês, miúdos, consegues? Vais ajudar? Nós sabemos como, para resolver este problema, precisamos de corpos, de pessoas no terreno. Os humanos com poderes podem vencer. Tu podes vencer isto, coisa. Tu podes vencer esta coisa. Estas coisas. Para começar, tu consegues vê-las. Nós não podemos", disse Raphael.

"Sei que precisas de ajuda, mas não vejo como podemos salvar o dia - não contra deusas poderosas. Sim, temos poderes, mas o que é que vamos enfrentar exatamente? O que é que esperam de nós? Quais são os perigos para nós? Quero dizer, tu já estás morto - nós não. Se te ajudarmos, quais são os riscos?"

Hesitou e, quando ninguém disse nada, continuou.

"Se concordarmos, podes proteger o meu tio Sam, a sua mulher Samantha e os bebés? Consegues garantir que o PJ e o Arden não vão acabar mortos no Apanhador de Almas? E o que ganhas com isso, para nós? Afinal de contas, estaríamos a arriscar as nossas vidas. Tu não és humano, por isso não tens nada a perder!"

Rosalie interveio: "E-Z, não me parece que tenhas escolha. Tens razão, vai haver riscos e eu ainda não estou morta - mas sou velha - por isso o risco para mim não é assim tão grande. Além disso, gosto da ideia de que, quando a minha vida acabar, haverá um apanhador de almas à minha espera."

E-Z acenou com a cabeça. "Percebo-te. A ideia de que os meus pais andam por aí a flutuar. Sozinhos. Sem casa. Sem apanhador de almas. Bem, deixa-me doente. Deixa-me tão furioso que me apetece cuspir. Mas tenho de falar com os outros", reitera E-Z, cruzando as pernas. Sabias tão bem ser capaz de fazer coisas simples como cruzar as pernas.

Estás a tornar-te num grande orador, disse-lhe Lia na sua cabeça.

"Obrigado", respondeu ele.

"Como estavas na altura", disse a voz. "Vinte e quatro horas. Entretanto, a Rosalie vai ficar aqui connosco."

"Como tua convidada", sublinhou E-Z.

"Eu fico bem," disse Rosalie. "E eu mantenho-me em contacto, conversando com a Lia. A Lia e eu adoramos conversar."

Ele acenou com a cabeça. Com a Lia, através da Lia. E-Z não tinha a certeza do que eles sabiam e do que não sabiam - mas não lhes ia dar nada que eles já não tivessem.

"Vejo-te em breve", disse ele, acenando em despedida.

Depois, volta a sentar-se na cadeira de rodas. Estava cara a cara com os seus amigos. Mas como é que lhes podia dizer? Como é que lhes explica?

Acaba por decidir que a melhor coisa a fazer é desabafar. E foi exatamente o que fez.

CAPÍTULO XXIII

MUDANÇAS

Embora as notícias de E-Z não fossem as que esperavam ouvir, tanto Alfred como Lia tinham muito a dizer em resposta.

"Eles têm cá uma lata!" exclamou Alfred. "Depois do que nos fizeram. Quero dizer, fazer promessas e depois renegar e mudar o plano de jogo. Eu, por exemplo, não confio em nenhum deles nem por um triz.

"Isto é muito importante e envolve os nossos entes queridos que morreram", disse E-Z.

"Como assim? Sam perguntou.

"Eu não sei os detalhes. Só sei que envolve três deusas maléficas cujo plano é roubar e controlar todos os Apanhadores de Almas.

"Isso é uma loucura!" Disse a Lia. "Porque é que elas os querem? Para quê darem-se a tanto trabalho? O que é que elas ganham com isso?"

"Espera", disse E-Z. "Vou contar-te tudo o que me disseram. Lembra-te que eles também não têm a certeza.

"De qualquer forma, aqui vai. Elas são deusas mitológicas, que foram trazidas de volta. O seu objetivo é controlar os Apanhadores de Almas - por todos os meios possíveis.

"E a forma que escolheram para o fazer, foi matar pessoas. Pessoas que não eram para morrer! E depois colocam-nas em Apanhadores de Almas que eles raptaram. De pessoas que precisam delas. Assim, as suas almas não têm para onde ir."

"Continuo a não perceber", disse a Lia.

"Pensa nisto desta maneira. Lia, tu, o Alfred e eu já estivemos nos nossos Apanhadores de Almas. Poucos são os que lá podem entrar antes de morrerem. Quero dizer, quem é que quereria estar?"

"Concordas", disse Alfred.

"Concordo contigo", disse Lia.

"Mas e se eu te dissesse agora mesmo que o teu Apanhador de Almas foi preenchido por outra pessoa - e por isso já não é teu?"

"E se te dissesse que o teu Apanhador de Almas foi preenchido por outra pessoa? exclamou Alfred. "A maioria pensa que as suas almas vão para o céu (ou, se forem más, para o lugar quente.) Se soubessem, ficariam chateados com isso. Mas não sabem."

"Sim, não podes perder algo de que não sabes nada", disse Sam. "Nem podes lutar por algo que não conheces."

"Disseram-me que a alma dos meus pais podia estar a flutuar neste momento, sem abrigo. Isso atingiu-me com força."

"E foi exatamente por isso que te disseram!" Disse-te o Sam. "É manipulação pura e simples."

"Não, é chantagem emocional," disse Alfred. "Mas eu percebo porque é que eles te disseram isso. Se me dissessem o mesmo sobre a minha família, eu ia querer envolver-me. Quero lutar contra estas deusas. Se eu fosse um cabeça quente, agiria imediatamente com base nas minhas emoções. Mas temos de ser lógicos aqui. Temos de manter a cabeça fria."

"Quem são essas deusas, afinal? O que é que sabemos sobre elas?" Lia perguntou-te.

"E tens a certeza que os arcanjos estão do lado certo disto? Sam perguntou.

"Eles disseram que um erro da parte deles fez com que isto acontecesse - mas não me disseram exatamente como aconteceu ou porquê. E não estavam com disposição para serem pressionados a dar informações - mais do que as que eu já estava a conseguir obter deles. Além disso, eles têm a Rosalie e o nosso tempo para tomar uma decisão está a esgotar-se."

"Exatamente", disse Lia. "E no entanto, como é que podemos decidir quando nem sequer sabemos o que estamos a enfrentar? Eles sabem que somos crianças. Sim, cada um de nós tem poderes únicos - mas será que são suficientes? Se os arcanjos não conseguem resolver esta situação sozinhos... porque é que eles sabem que nós vamos conseguir?"

"Isso não te posso dizer. Eu pressionei-os para me dizerem mais. Se não fosse a voz na parede - eles não me teriam contado tanto como eu aprendi."

"Como te atreves a esconder-nos informações?" exclamou Alfred.

"Já te expliquei o que sei. Há três delas. São deusas - criaturas mitológicas que eu pensava não serem reais."

"Podemos descobrir tudo o que precisamos de saber para nos armarmos contra elas online - disse Sam. "Mas vai levar algum tempo. Hesitou. "No entanto, acho que não vamos ter muita sorte a procurar informações sobre os Apanhadores de Almas.

"Já tentei e não consegui encontrar nada.

"Quando é que ouviste falar deles pela primeira vez? Sam perguntou.

"A voz na parede deu a entender que já me tinham falado deles antes, mas sempre que me tento lembrar é como se uma parede estivesse a bloquear a informação.

"Epa! Acontece-me exatamente a mesma coisa", disse Lia. "Isso é tão estranho."

E-Z olhou para as horas no seu telemóvel. "Bem, dei-te muito em que pensar. Temos até de manhã para tomar uma decisão firme... mas acho que não temos outra alternativa senão concordar em ajudá-los. Quer dizer, se não o fizermos, quem o fará?"

"Eu estava a pensar no mesmo", diz Alfred. "Mas continuo a não gostar da forma como eles fizeram isto."

"Eu também não," disse Lia. "Vou-me deitar. Boa noite a todos. Vejo-te de manhã." Fecha a porta atrás de si.

"Precisas de alguma coisa?" O Sam perguntou-te.

"Não, estou bem. Boa noite, tio Sam."

"Boa noite, E-Z. Tenho de te dizer como estou orgulhoso de ti e como os teus pais ficariam orgulhosos."

"Obrigado.

"E boa noite, Alfred", disse Sam ao abrir a porta.

"Boa noite", disse Alfred, depois instalou-se com a cabeça debaixo da asa e adormeceu.

E-Z, incapaz de dormir, olhava para o teto com as mãos atrás da cabeça. Faz alguns abdominais e depois vira-se de lado, na esperança de adormecer. Em vez disso, vê duas luzes, uma verde e outra amarela, a flutuar na sua direção.

"Estás acordado?" perguntou Hadz.

"Não," disse E-Z com um sorriso enquanto se sentava.

"Não é suposto falarmos contigo", disse Reiki, "mas temos de falar contigo, por isso tens de adivinhar o que não é suposto dizer-te".

"Adivinhas? Adivinha? A sério? Podes dar-me uma dica... sabes, diminuir o campo para mim, nem que seja um pouco?"

Os anjos que queriam ser anjos sussurraram uns para os outros. Pareciam discordar, enquanto Hadz voava para um lado da sala e Reiki para o outro.

"K, vou dormir. Quando descobrires, podes contar-me de manhã."

Ele adormeceu e depois acordou. Estava na sua cadeira e a voar pelo céu. Aperta o cinto de segurança. "O que é que fizeste?"

"Decidimos que não podíamos reduzir o campo para ti. Ou dizer-te o que precisas de saber. Para tomares uma decisão informada... Que te mostraríamos em vez disso. Por isso, segue-nos".

Enquanto as nuvens passavam e o ar limpo mas fresco da noite enchia os seus pulmões, E-Z sentia-se mais vivo do que se sentia há algum tempo. De certa forma, sentia falta de ser convocado para as provas, para ajudar e salvar pessoas em apuros.

Desde que deixara de trabalhar com a Eriel, não se sentia um grande super-herói. É verdade que tinha salvo um gato que estava preso numa árvore. E impedira que uma bola de basebol partisse um valioso vitral de uma igreja.

Mas a maior parte do seu dia a dia era a pensar no futuro. Planeava acabar o liceu na melhor posição para conseguir uma bolsa de estudo. Para a melhor faculdade ou universidade que conseguisse arranjar.

O tio Sam e a Samantha estavam a planear o novo bebé. Mantinham em segredo se o bebé era rapaz ou rapariga e ninguém podia entrar no novo quarto do bebé. E-Z achava estranho ter quinze anos e ir ser tio em breve, mas estava ansioso por isso.

E a Lia, estava a ir bem na escola, a adaptar-se, apesar de ter passado dos sete para os doze anos em dois saltos, num período de tempo relativamente curto. O que quer que a estivesse a envelhecer parecia ter parado e agora parecia que tinha uma paixoneta pelo PJ. Ela estava definitivamente a crescer e ele sorriu ao pensar em como ela se tinha tornado mandona. Faz-lhe lembrar a Pequena Dorrit, o Unicórnio. Não a viam desde os julgamentos. Talvez os arcanjos a tivessem enviado para ajudar Lia, quando todos estavam ligados. Depois, a chegada do seu primo Charles Dickens. E PJ e Arden estavam presos em coma - e ninguém sabia como os tirar de lá. Alfred mantinha-se ocupado com a casa. Desde a sua chegada, o Tio Sam já não precisava de cortar a relva com tanta frequência.

Volta a lembrar-se dos dois julgamentos em que tinha encontrado semelhanças. O da rapariga vestida como uma personagem de um multijogo. O outro com o rapaz a quem tinha sido dito para matar o E-Z para salvar a vida da sua família. Estavam ligados. A Eriel tinha razão. Ele só tinha de descobrir exatamente o que isso significava.

"Já estamos quase lá?" pergunta ele, reparando no frio que estava a fazer. Estavam a andar depressa, a aproximarem-se do Parque Nacional do Vale da Morte, no deserto de Mojave. Era dezembro, um dos meses mais frios do ano para o deserto à noite e ele desejou ter trazido o seu capuz. Estava tão escuro que as estrelas pareciam um milhão de vezes mais brilhantes. Como se fossem olhos no céu, com uma distância de apenas um dedo entre eles, ou assim parecia.

Os anjos em treino não responderam. Desce uns metros e depois continua a voar a toda a velocidade.

"Ótimo!", disse ele. "Avisa-me quando aterrarmos. Quem me dera ter um agente de viagens para me dizer o que é que estou a ver."

"Usa o teu telefone," Lia e Alfred sussurraram. Depois ficaram em silêncio.

Continuaram a voar, sobrevoando Badwater Basin, o ponto mais baixo da América do Norte. Recebeu este nome porque a água é má - portanto, não se pode beber devido ao excesso de sais. Mas alguns animais selvagens e plantas podem florescer na área, como a erva-dos-picles, insectos e caracóis.

E-Z observava o terreno e tentava não pensar na sede que tinha.

"Já chegámos?", perguntou de novo quando um pássaro preto voou sobre a sua cabeça, deixando cair um monte de cocó antes de continuar o seu caminho. "Bem-vindo ao Vale da Morte", disse ele, limpando-o com a parte de trás da manga. Apressa-se a alcançar Hadz e Reiki.

CAPÍTULO XXIV

VALE DA MORTE

"Despacha-te!" Hadz e Reiki disseram. "Estamos quase a chegar a Rhyolite.

Ele avançou, alcançando-os. "E o que há exatamente em Rhyolite?"

"Um pouco de história", disse Hadz. "A não ser que já tenhas ouvido falar dela?"

E-Z balançou a cabeça. Ele tinha aprendido sobre o Grand Canyon na escola, principalmente sobre como ele foi formado.

Hadz continuou, "Rhyolite já foi uma cidade próspera durante a Corrida do Ouro em 1904. Mas não durou muito tempo, em 1924 o seu último residente morreu, e tornou-se numa cidade fantasma".

"O que é que significa a palavra Rhyolite?

Reiki respondeu: "É uma rocha vulcânica ácida - a forma lávica do granito. Foi baptizada por um geólogo chamado Ferdinand von Richthofen em 1860. As suas origens são gregas, da palavra rhyax que significa um riacho de lava".

"Então, a cidade teve uma grande corrida ao ouro e deram-lhe o nome de uma rocha vulcânica?" Ele hesitou. "Acho que me lembro de alguma coisa da aula sobre ação vulcânica."

"Isso está correto", disse Hadz. "Remonta a dois milhões de anos atrás."

"Então, esta aula é interessante e tudo - mas ainda não percebi porque é que estamos a ir para Rhyolite.

Reiki disse: "Porque é o quartel-general dos renegados."

"Os que estão a disputar o controlo dos Apanhadores de Almas."

"Quem são eles, exatamente, e como é que os podemos deter? Por nós - refiro-me a nós, Os Três. Porque a Eriel e o Rafael estão a segurar a Rosalie e, já agora, o tempo está a esgotar-se. Eles só nos deram vinte e quatro horas para voltarmos para eles."

"Shhh," disse Hadz. "Eles têm uma audição extraordinária, e o vento pode levar as nossas vozes até eles em sussurros. A partir de agora, vamos falar apenas com as nossas mentes."

E-Z perguntou, usando a sua mente: "O que acontece se eles souberem que estamos aqui? Quero dizer, não nos vão conseguir ver?".

"Eu e o Hadz não somos humanos, por isso estamos fora do radar deles. Tu, no entanto, não és, e é por isso que te protegemos."

"Ótimo! Há um escudo protetor invisível à minha volta - é uma informação útil para mim".

Ao longe, consegue ver as Montanhas Negras. "Aposto que quando o sol aquece essas montanhas podes fritar um ovo nelas." Hesitou: "E aquele pássaro que fez cocó em cima de mim? Será que os maus o enviaram para nos procurar?"

Hadz e Reiki abanaram a cabeça. "Nós vimos o pássaro. Era um corvo - conhecido por ser um portador de mensagens dos céus."

"Está bem, é justo. Não me pareceu que fosse um corvo. Diz-me o que é que roubou os apanhadores de almas e o que é que vamos ter de fazer para os derrotar." Hesitou: "E o que é que isto tem a ver com a reencarnação de Charles Dickens quando era um rapazinho." Volta a hesitar. "Além disso, será que a Lia vai conseguir transporte? O unicórnio Little Dorrit voltará se/quando concordarmos em ajudar-te?" Falaste muito. Tem sede e desejou ter trazido uma garrafa de água.

PUXA.

Aparece uma. Bebe-a de volta depois de dizer "Obrigado" a ninguém.

Reiki perguntou: "Já ouviste falar de Erinyes?"

E-Z abanou a cabeça.

"Também conhecidas como as Fúrias", disse Hadz.

"Não faço ideia do que sejam... mas tenho uma vaga memória de algo de um jogo, talvez?

"Elas são conhecidas coletivamente como as Deusas da Vingança."

"Conta-me mais. De quem é que elas se estão a vingar?"

"De toda a raça humana!" Hadz bufou.

"Os meus amigos e eu falámos sobre isto há pouco. A maioria dos humanos não sabe o que são os Apanhadores de Almas. A maioria acredita que temos almas. Almas que vão para o céu ou para o inferno - dependendo das escolhas que fazemos nas nossas vidas."

"Sim, estamos cientes disso", disse Hadz.

"Então diz-me," perguntou E-Z. "Onde está Deus em tudo isto? Deus ou Jesus, Alá, Buda... seja lá como o conheces. Onde é que ele está?"

Hadz e Reiki olharam para a frente sem responder.

"Ok, já percebi que não consegues responder a essa pergunta. Responde-me antes a esta. Porque é que as deusas estão a castigar os humanos usando algo de que eles nem sequer têm consciência? Eu percebo que elas são más, mas mesmo assim parece-me ridículo.

"As crianças", disse Hadz.

"Elas castigam os impunes. Mas..."

"Ah, eu estava à espera de um mas... Continua."

"As Fúrias estão a abusar dos seus poderes. Ultrapassa os limites. Estão a atacar inocentes. Crianças inocentes que estão a jogar um jogo."

"Espera, queres dizer que as crianças que jogam jogos estão a ser castigadas por coisas que fazem dentro do jogo? Mas o jogo não é real! Como podem ser castigadas na vida real por algo que não é real?"

"Eu sei disso, e tu sabes disso, mas para as Fúrias é tudo a mesma coisa. Se num jogo queres matar alguém, passas pelo mesmo processo de pensamento que um assassino passaria. Planeia tudo, com a intenção de matar e depois vai até ao fim. Nalguns casos, há assassínios em massa. E sim, são inocentes, e é-lhes pedido que façam essas coisas para poderem avançar no jogo. Para as Fúrias, as crianças são os impunes e são um jogo justo quando estão dentro do jogo."

"Espera um minuto!" E-Z exclamou. "O que é que estás a dizer exatamente? Acho que estou a perceber o essencial, como é que os Apanhadores de Almas se encaixam, mas a ideia é tão má... que nem quero pensar nisso, quanto mais dizê-lo."

"As Fúrias estão a vingar-se dos jogadores. Aqueles que pecaram nos seus corações", disse Reiki. "Não é suposto eles morrerem! Os seus Apanhadores de Almas não estão prontos para aceitar as suas almas e por isso..."

"Não têm para onde ir", disse Hadz.

"E as Fúrias estão a juntá-las aqui, criando a sua própria tribo de Almas. Elas guardam as almas das crianças em Apanhadores de Almas roubados."

"Isto está a criar o caos," disse Hadz.

"Por isso, vocês têm de ajudar."

"Espera um minuto!" E-Z disse. "Espera um minuto!"

CAPÍTULO XXV
QUATRO OLHOS

"Oh, oh", gritou Hadz, enquanto uma nuvem escura se movia rapidamente pelo céu e vinha na sua direção.

"Não podem ter penetrado no escudo protetor!" exclamou Reiki.

E-Z olhou por cima do ombro. O que viu foi uma coisa negra que não era uma nuvem. Porque era como uma cobra. Com uma língua bifurcada que lambia o ar. Em vez de dois olhos, tinha muitos olhos. Demasiado numerosos para contar. Cada um com sangue a escorrer. Sangue e pus amarelo fumegante.

A língua da coisa moveu-se da direita para a esquerda. Faz um som de chicote, enquanto as suas mandíbulas se abrem e fecham. E da sua garganta saía um som nodoso, que alternava entre um grito e um zumbido.

Com o vento a soprar, um cheiro muito desagradável encheu o ar e depressa chegou às narinas de E-Z, Hadz e Reiki.

O cheiro era muito mau. Pior do que enxofre. Ou ovos podres. Mais nojento do que líquido sético e cadáveres a apodrecer juntos.

O trio sobe mais alto, para poderem ver para lá de um cume em que não tinham reparado antes. Atrás dela, havia recipientes de prata. Apanhadores de Almas. Até onde a vista alcança.

"Estás a ver tantos! Será que estão todos cheios de crianças? Oh, não!" E-Z disse com um tom nasalado, pois ainda estava a tapar o nariz. Embora ainda conseguisse cheirar o fedor.

PTOOEY.

Desviam-se de um jato de pus amarelo e pegajoso.

"Que raio é isso?" exclamou E-Z.

Por baixo, vê um globo ocular gigante. Tinha sido fechado. Disfarçado.

PTOOEY. PTOOEY. PTOOEY.

"Oh não!" E-Z exclamou. "Olhos de macaco!"

Atira contra eles, disparando o seu líquido quente e pegajoso.

"Segura-te!" Hadz e Reiki gritaram.

Cada um agarrou numa das orelhas de E-Z.

"Ahhhhh!", gritou ele.

PTOOEY.

O E-Z esquivou-se do macaco, mas ele quase acertou na sua cadeira de rodas.

FAZ UM ZUMBIDO.

POP.

POP.

E-Z estava de novo na sua cama. Gotas de suor escorriam-lhe pela testa.

Entretanto, Alfred continua a ressonar ao fundo da cama.

"Esta foi demasiado perto para te confortar!" disse E-Z. "Será que penetraram no escudo protetor? Será que nos viram? Sabes quem eu sou, onde vivo?"

"Não, nós saímos de lá antes que eles conseguissem passar", disse Reiki.

"Talvez seja uma pergunta estúpida, mas porque é que não nos puseste a entrar e a sair de lá? Em vez de perderes tempo a voar até lá - e a pôr as nossas vidas em perigo?"

"Tínhamos de te MOSTRAR."

"Antes da batalha... Como é que lhe chamas..."

"Queres dizer reconhecimento?" Perguntou E-Z.

"Sim, é isso mesmo. Tínhamos de te mostrar. Tinhas de ver, com os teus próprios olhos. Tinhas de ver tudo. O que estás a enfrentar", disse Hadz.

"Achámos que o que aprenderias valeria o risco."

"Acho que o tempo o dirá", disse E-Z.

"Desculpa, se fomos longe demais", disse Hadz.

"Nós realmente tínhamos o teu melhor interesse no coração."

"Eu sei que tinhas. E estou contente por ter visto os Apanhadores de Almas. Quantos eram - isso realmente me chocou."

"Sim, também nos chocou. E podes ter a certeza que também chocou os arcanjos. Quando o viram pela primeira vez."

"Não devias ter dito isso", disse Reiki.

POP.

Hadz desapareceu.

"Oh, agora, está tudo bem", disse E-Z.

"Esquece."

"Ainda não consegui perceber o que é que as Fúrias estão a ganhar com isto? Qual é o seu objetivo? Já alguém o descobriu?"

"Aumentam a cada dia que passa. Mais crianças a jogar jogos, a serem sugadas para a sua teia."

"Mas porque é que não há um protesto público? Não deveríamos estar a contar aos líderes mundiais, aos presidentes, aos primeiros-ministros? Não há nada que eles possam fazer?"

"Pensa nisso, qual seria a primeira coisa que fariam? Mandavam o exército. Mais pessoas morreriam. Mais Apanhadores de Almas seriam necessários antes do seu tempo.

"O jogo, pelo que observamos, é um fenómeno mundial. As irmãs malvadas estão a roubar as almas de crianças desprevenidas."

"Mas a maioria dos líderes tem os seus próprios filhos", disse E-Z. "Se soubessem, quereriam proteger os seus filhos e quereriam proteger outras crianças também.

"É mais como se as Fúrias se concentrassem nos seus filhos. É como se lhes estivesses a pôr um pau à frente", disse Reiki.

POP.

Hadz estava de volta.

"Elas adorariam se pudessem destruir as crianças grandes e poderosas. Neste momento, o que eles parecem estar a fazer é aleatório - escolhido dentro do jogo", disse Reiki.

"Conta-me mais do que sabes sobre eles." E-Z perguntou.

Hadz sussurrou: "Os seus nomes são Allie, Meg e Tisi. A vingança de Allie é para a raiva, a de Meg é para o ciúme e Tisi é conhecida como a vingadora".

"Então, porque é que elas cheiram tão mal? E como é que as três podem ser derrotadas?" pergunta E-Z, olhando para o relógio. Precisava de falar com o resto do grupo, para recuperar a Rosalie. Como é que ele lhes ia contar sobre este trio terrível e sobre todas as crianças naqueles Apanhadores de Almas?

"A lenda diz que eles foram punidos por fazerem o seu trabalho, no passado. Agora eles encontraram essa brecha com a Realidade Virtual, uma nova invenção humana." Hadz hesitou. "Porque é que os humanos nunca querem viver as suas vidas no agora? Porque é que têm de fugir e jogar jogos estúpidos que põem as suas vidas em perigo?" O aspirante a anjo estava com o rosto vermelho e extremamente irritado.

Reiki tentou confortar o seu amigo dizendo: "Eles não sabem o que fazem".

"A ignorância não é desculpa", disse E-Z. "Precisamos de os mandar de volta para onde estavam antes de a RV ter sido inventada. E precisamos que eles devolvam as almas das crianças que levaram sob falsos pretextos. Só que, como é que os vamos convencer de que estão a agir mal? Que estão a roubar vidas e a punir pessoas por pensamentos e não por actos?

"Agora que tive um vislumbre das Fúrias, sei que temos de te ajudar mais do que nunca. Mas ainda tenho de convencer os outros. Mesmo que eles concordem, continuamos a lutar contra todas as probabilidades. Quero ser positivo. Diz que estamos à altura da tarefa. Mas só teremos a certeza quando chegar a altura de lutar."

Dá um murro na almofada e coloca-a no colo. "Espera um minuto, eles morreram? Quero dizer, as Fúrias escaparam dos seus próprios Apanhadores de Almas? E se escaparam, como é que o fizeram? Quem as ajudou a sair?"

Hadz olhou para Reiki e Reiki olhou e Hadz.

OLHA PARA O REIKI.

POP.

Eles tinham desaparecido.

"Ótimo!" E-Z disse. "Simplesmente fantástico!"

CAPÍTULO XXVI

BALANÇO

Embora tentasse dormir, E-Z não conseguia. Continua a pensar e a fazer perguntas a si próprio. Perguntas às quais não consegue responder.

Então, levanta-se da cama, acede ao computador e faz uma pesquisa.

Em pouco tempo, encontrou ouro. Quando encontrou uma ligação entre as Fúrias e as Três Graças. Pareciam ser como o yin e o yang uma da outra. Uma boa e outra má. Pensa que poderiam usar esta informação em seu proveito. Se as deusas más podiam ser trazidas para a Terra, será que as deusas boas também podiam ser chamadas de volta?

Primeiro, antes de sugerir que os arcanjos as trouxessem de volta - desde que o pudessem fazer. Ele queria saber exatamente o que as Graças trariam para a mesa.

Sim, elas eram deusas. As filhas de Zeus, que era o deus do céu. Os seus poderes eram dirigidos para o charme, a beleza e a criatividade. Continua a ler, mas não consegue perceber como é que elas podem ajudar muito contra as Fúrias.

Ainda assim, tem algum tempo e continua a ler. Lê um texto de Nietzsche. As suas teorias sobre o bem e o mal ainda eram discutidas e debatidas em fóruns.

Depois, uma memória surge-lhe na cabeça. As recordações sobre os pais não param de surgir. Esperava que nunca mais parassem.

Esta era uma conversa com o teu pai. Sobre a Terceira Lei de Newton. Tinham levado um barco e estavam a pescar.

"É a forma como um peixe se impulsiona na água", explicou o pai.

Desde então, aprende mais sobre o assunto na escola. Pensa que Newton e Nietzsche teriam tido conversas muito interessantes. Mas as suas vidas estavam separadas por milhares de anos.

Depois apercebeu-se. Ele, a Lia e o Alfred eram o oposto das Fúrias.

Será que os arcanjos já sabiam disso? Será por isso que pareciam insistir tanto que só ele e a sua equipa podiam derrotar as Fúrias?

Mas a pergunta que não lhe saía da cabeça continuava a ser - conseguiriam eles vencer?

Será que é possível parar as Fúrias?

Tinha de falar sobre isso com os outros.

Desliga o computador e volta para trás para dormir um pouco antes que os outros acordem.

Todos esperavam que ele tivesse todas as respostas. Ele não as tinha, mas estava a fazer o seu melhor. Desde que se tornou líder, a vida era assim.

CAPÍTULO XXVII
SALA VERMELHA

E-Z estava numa sala vermelha. Uma sala que cheirava a sangue. O cheiro forte a ferro feriu-lhe o nariz e ele tapou-o com a mão, depois avançou alguns passos. Os seus passos deixaram marcas no chão ensanguentado. Onde é que ele está? No inferno? Pelo menos aqui podia correr, mas para onde? Não havia portas. Não havia janelas. Nenhuma luz de qualquer tipo e, no entanto, ele podia ver que tudo era vermelho. E molhado.

Pega no telemóvel e clica na aplicação da lanterna. Usando o feixe da lanterna, segue as paredes à sua volta. Seguiu as paredes à sua volta. Ensanguentadas e a pingar. E a cheirar mal. Espera. Não te parecia muito inteligente pedir ajuda. Talvez fosse melhor se o que o trouxe a este lugar não viesse ao seu encontro. Preferia não os encontrar. O feixe da lanterna apagou-se e o telemóvel ficou sem bateria. Com medo de se mexer, fica imóvel e ouve.

Um rastejar, qualquer coisa. Rasteja pelo chão. Um desce pela parede à direita e outro à esquerda. Três. Cobras.

Depois o ar na sala mudou, e um cheiro familiar. Apodrece. Ovos. Sulfúrico. Carcaças a apodrecer.

Tapa o nariz. Tal como antes, não conseguiu disfarçar o cheiro repugnante.

Espera.

Então, eles queriam-no sozinho. Apanharam-no. Ele faria com que se arrependessem, nem que fosse a última coisa que fizesse.

"Podíamos comer-te ao pequeno-almoço", gritou Tisi.

"Ou almoçar", disse Alli. "Afinal de contas, estou com um pouco de fome."

"Ou no chá da tarde, não há muito dele. Não é para partilharmos a três", disse Meg.

E-Z concentrou cada fibra do seu ser nas suas asas. Eram a sua única esperança de fuga e eram inúteis.

"Olha!" Meg gritou. "Está a tentar usar as suas asinhas."

Tisi e Alli levantaram-se. Meg juntou-se a elas enquanto pairavam fora do seu alcance.

Debaixo dos teus pés, o chão tremia e roncava. Como se fosse abrir-se e engoli-lo. Ele recuou, para se apoiar contra a parede. Mas quando lhe tocou, sentiu a camisa molhada. E quando lhe pôs a mão em cima, esta voltou coberta de sangue.

"Não tenho medo de vocês, suas três cabras!", gritou.

"Talvez não tenhas medo de nós - ainda -" Meg gritou.

"Mas vais ter muito em breve," sibilou Tisi.

"Por agora, podes lidar com estas três," sussurrou Meg, o seu hálito fétido quase o fez vomitar.

As três cobras, usando a vantagem da altura, avançaram para ele. As suas línguas bifurcadas sibilavam e cuspiam. Depois começaram a enrolar-se umas nas outras. Juntando-se, entrelaçando-se. Até se tornarem numa cobra enorme, com três cabeças e três chicotes. Chicotes que estalaram na direção de E-Z para o manter no lugar.

Empurra-se mais para trás. Ouvir o sangue a esguichar atrás de si deu-lhe algum conforto. O seu corpo relaxou enquanto as costas se afundavam no canto contra a parede ensanguentada.

"Olha para ele", disse Tisi. "É apenas um rapaz e não fez mal a ninguém. Na verdade, ele é tão bonzinho que é uma pena termos de o destruir."

"Sim, o seu coração é puro", disse Meg. "Mas ele tem uma mancha negra no seu coração. Uma mancha de vingança que ele gostaria de levar contra aqueles que foram responsáveis pela morte dos seus pais."

"Não fales dos meus pais!" gritou E-Z, empurrando-se ainda mais para a parede ensanguentada. Tinha medo. Tem medo que o que eles estavam a dizer fosse verdade. Fecha os olhos. Se não os conseguisse ver, talvez eles se fossem embora. Então, algo atrás dele cedeu. E ele entrou em queda livre, para trás. Cai. Cai.

BATE

Aterra na sua cadeira de rodas e voam.

De volta à Sala Vermelha, as Fúrias estavam furiosas!

"Vai atrás dele!" Tisi gritou.

"Apanha-o!" Meg gritou.

"É demasiado tarde!" disse Alli. "Parece que ele desapareceu!"

"Volta para o Vale da Morte," disse Meg. Elas foram-se embora, deixando a Sala Vermelha vazia. Mas o seu fedor ainda perdurava.

ESTÁS A SANGRAR.

"Estás a sangrar," disse Sam. "Vamos levá-lo para a casa de banho. Podemos ver se estás muito ferido." Sam empurrou a cadeira de rodas em direção à porta.

"Não, pára!" disse E-Z. "Eu estou bem. O sangue não é meu. Mas preciso de me limpar. Para tirar o fedor. Depois explico-te o que aconteceu. Prometo-te."

"Desde que tenhas a certeza que estás bem", disse Sam.

Depois de ele ter saído, Sam, Lia e Alfred não conseguiram pensar em nada para dizer uns aos outros. Esperam em silêncio que ele regresse.

Na casa de banho, E-Z colocou a cadeira de rodas na rampa. Quando reconstruíram a casa, o tio Sam inventou um novo chuveiro para ele. Deu-lhe mais independência. E era divertido! Parecido com uma lavagem de carros.

Levantava-se e passava os braços e o pescoço pelas correias. Carrega num botão para que ele se mova para a frente e a cadeira o siga. Imediatamente a água começou a correr. Limpa o corpo e a roupa ao mesmo tempo. De vez em quando, esguichava gel de banho ou champô, seguido de água para os lavar.

Agora que estava limpo, continua a andar para a frente e acciona o mecanismo de secagem. Seca-o a ele e à sua roupa e deixa-os sem rugas em poucos minutos.

Quando chega ao fim, desliga-se das correias e deixa-se cair na cadeira. Olha-se ao espelho. O cabelo já estava tão bem que nem precisou de o pentear. Volta para o seu quarto. Quando viu os amigos, o seu estômago deu um salto e vomitou.

"Desculpa", diz. "Desculpa."

A Lia e o Alfred abraçaram-se a ele. Não se preocuparam com o vómito. Amigos dedicados não se preocupam com essas coisas.

Sam foi buscar uma tigela e um pouco de água para limpar o sobrinho.

E-Z ficou grato pela ajuda e isso deu-lhe tempo para pensar no que ia dizer e como o ia dizer.

"Obrigado, tio Sam. O que tenho para te dizer. Não é bonito para ti."

"Continua", disse o Alfred.

"Estamos aqui para ti", disse Lia.

"Senta-te, Tio Sam."

Eles alistaram-se para tudo sem dizer uma palavra.

"Alinho", disse Alfred.

"Eu também", disse Lia.

"Eu três", disse Sam.

"Concordo", disse E-Z. E um segundo depois, estava a caminho da sala branca. Ou era para lá que ele esperava estar a ir.

Qualquer sítio era melhor do que a sala vermelha. Qualquer lugar mesmo.

CAPÍTULO XXVIII
SALA BRANCA

O quarto branco parecia de alguma forma diferente quando os teus pés tocavam no chão.

E-Z sentiu-se tão feliz por estar de volta ao conforto da sala branca. Onde podia andar à vontade. Toca nos livros. Cheira os livros. Mas algo parecia estranho. Desliga.

Acalma-se. Reparou que as suas mãos tremiam. Os teus joelhos tremiam. Agora os seus dentes batiam.

Envolve os braços à volta de si próprio, desejando ter trazido o casaco. Espera, à espera que chegue um. Não chegou.

"Que lugar é este?", pergunta.

Não responde.

"Cheeseburger, com batatas fritas", disse ele.

Não responde.

"Chop suey, com rolo de ovo", disse, com mais autoridade.

"Exijo saber onde estou!", gritou.

Nada.

Nadda.

"Rosalie?", chamou ele. "Estás aí? Eriel? Raphael? Estás aí? Hadz? Reiki?"

Mais uma vez, nada.

Nem sequer um PFFT educado que o fizesse relaxar.

A familiaridade dos livros era a única âncora que o mantinha neste lugar. Dirige-se ao escadote e passa-o por baixo dos Ds. Esperando encontrar Charles Dickens, começa a subir. Em vez disso, descobre que todos os livros em que tocava estavam relacionados com o mundo dos jogos.

O que queres dizer com isso?

E nenhum dos livros tinha asas. Eram todos novos em folha. Como se ninguém os tivesse aberto antes.

Quase caiu da escada quando uma voz disse,

"E-Z Dickens - esta não é a sala branca que conheces. É uma réplica. Foste enviado para aqui para pesquisar. Todos os livros de que precisas estão na ponta dos teus dedos. Cada livro deve ser lido e revisto na íntegra."

"Não posso ler todos estes livros rapidamente; levaria anos a ler todos estes livros!"

"É por isso que te será dado um poder adicional. Um poder que só se concretizará dentro das paredes desta sala. Lê agora. Rápido. Fica furioso. Memoriza tudo."

Quando a voz terminou, começou outra,

"Dez, nove, oito, sete, seis, cinco, quatro, três, dois, um. Agora, lê E-Z Dickens. Despacha-te com isso."

E-Z lê rapidamente cada um dos livros.

Quando acabava um, caía-lhe logo outro nas mãos. Depois outro, e mais outro.

Lê-os todos, até não conseguir ler mais nada.

Esperava que a sua cabeça não explodisse!

Depois, encosta-se à parede, encosta-se a um canto e chora, enquanto um plano se formula na sua mente.

A ideia surgiu-lhe quando pensou em PJ e Arden. Porque é que as Fúrias os tinham posto em coma em vez de os apanharem? Eles estavam no jogo - jogavam jogos a toda a hora, porque não matá-los?

O plano era o seguinte: Ele e a sua equipa inventariam o seu próprio jogo multijogador. Sam conheceria pessoas que poderiam ajudar na indústria. Quando as Fúrias aparecessem para reclamar as suas almas, eles iriam matá-los.

Desejava que o Arden e o PJ estivessem lá para jogar com ele - porque eles o protegeriam. Não faz mal, ele protegia-os a eles. Ia salvá-los e libertá-los.

Anda de um lado para o outro, pensando em tudo. Um aspeto não funcionaria. Se o envolvesse num jogo, e se recusasse a matar - eles estariam atrás dele. E poderia pôr outros em perigo.

Não é como se ele pudesse dizer a todos os jogadores do mundo para pararem de jogar. Se lhes contasse a verdade, sobre as três deusas que tentavam roubar-lhes as almas, eles prendiam-no.

Mesmo assim, era a única ideia. O único caminho claro que ele conseguia ver para vencer as Fúrias no seu próprio jogo.

Resignado por não conseguir pensar em nada melhor, ele disse: "Tira-me dali."

E, sem mais nem menos, estava sozinho na verdadeira sala branca com Rosalie e Rafael. Pergunta-se onde estará Eriel, não que tenha sentido a sua falta.

"Ok, tenho uma ideia. Uma espécie de plano", diz. "Mas não tenho a certeza se vai funcionar. Preciso de respostas para duas perguntas. E tenho um pedido para uma terceira - o pedido não é negociável."

"Pergunta à vontade," disse Raphael.

"Número um, serei capaz de salvar os meus melhores amigos PJ e Arden se enfrentarmos as Fúrias?"

Raphael hesitou antes de falar. "Se fores bem sucedido, não há razão para que os teus amigos não sejam salvos."

"Faz figas ao teu coração?", disse ele.

Ela fê-lo.

"Como eu suspeitava, o estado deles deve-se às Fúrias. Estás certo?"

"Sim, acreditamos que seja verdade. Os teus amigos têm sorte, de certa forma, porque as suas almas permanecem intactas. O que não conseguimos perceber é porquê, isto é, se foram alvo das Fúrias. Em todos os outros casos de que temos conhecimento, elas levaram as almas de crianças. Não conhecemos outros como os teus amigos, que permanecem vivos em estado de coma."

"Eu também tenho uma ideia sobre isso, mas o que eu preciso de saber é: se as Fúrias forem derrotadas, o que é que vai acontecer ao PJ e ao Arden? O que é que vai acontecer a todas as crianças cujas almas já estão nos apanhadores de almas? Não era suposto elas morrerem. E o que é que vai acontecer às almas dos sem-abrigo?

"Neste momento, as Fúrias estão a usar o poder da internet. Dá-lhes acesso aos corações e às casas de todas as pessoas do planeta. É como se tivesses deixado as tuas portas e janelas abertas - assim qualquer um pode entrar. É verdade que só existem três das Fúrias - mas os seus poderes são grandes. São criaturas míticas, deusas cujas origens remontam a Zeus. Já ouviste falar de Zeus, certo?"

"Li que ele era o deus do céu e pai das Três Graças. Poderiam elas ajudar-nos, se as trouxesses de volta?"

"Zeus não está metido nisto. Nem as suas filhas. Nós, arcanjos, não brincamos com o tempo. E sempre acreditámos que os Apanhadores de Almas eram sagrados. Intocáveis. Até agora."

"Ótimo, então achas que os meus amigos foram alvo das Fúrias, mas não tens a certeza. Não mais do que eu, certo?"

"Correto. Isso é porque não posso dizer cem por cento sim ou não. Se os teus amigos estavam a jogar jogos. Quero dizer, a matar dentro dos jogos... Então, eles cumpririam os critérios das Fúrias.

"Mas se eles os quisessem mortos - eles já estariam mortos. A menos que... não, isso não faria sentido. Significaria que eles sabem sobre ti e a tua equipa. Não há maneira de eles saberem. Mantivemos tudo em segredo. Se soubessem, então estariam a manter os teus amigos vivos para o caso de precisarem de uma vantagem."

"Queres dizer como moeda de troca?"

"Possivelmente, mas para ser sincero não sei. Como eu disse, mantivemos tudo sobre ti e a tua equipa em segredo. Nós, incluindo eu e os outros Arcanjos, faríamos tudo para te proteger.

"As Fúrias têm recebido poderes ao longo dos séculos. Mas nunca tiveram como alvo crianças inocentes. Nunca distorceram a sua agenda para se adequarem aos seus próprios objectivos."

"Quais são os teus objectivos?" perguntou E-Z.

"Isso não sabemos.

E-Z disse: "É por isso que temos de ter a melhor hipótese de ganhar contra eles."

"Exatamente, mas todos os dias eles roubam mais almas de crianças e estão a acelerar o processo."

"Acelera, em quanto?" perguntou E-Z.

"Em milhares, pensamos nós, mas em breve serão milhões. Em breve será demasiado tarde para os deteres".

"Está bem, eu percebo o que está em risco, mas nós somos apenas crianças e não queremos entrar às cegas. Nós somos mortais e eles também. Temos de pensar, de considerar todas as opções antes de arriscarmos as nossas vidas."

"Nós compreendemos e, como eu disse, vamos apoiar-te."

"Agora passa à minha próxima pergunta, quero saber o que é suposto eu fazer com um Charles Dickens de dez anos?"

"Oh, isso", disse Raphael. "Antes de mais, não temos nada a ver com a tua reencarnação. Temos uma teoria, para além daquela que te dissemos, ou seja, que tu o convocaste. Perguntamo-nos se o seu regresso não terá sido um erro da parte deles. Talvez o universo se tenha aberto e o tenha enviado para te ajudar, como um equilíbrio. Afinal de contas, ele é teu parente de sangue. E é um contador de histórias, e um mestre de enredos. Ele pode ter ferramentas e conhecimentos que ainda não conheces para te ajudar a vencer as Fúrias".

E-Z escolhe cuidadosamente as suas palavras. "Mas ele é um miúdo. Ainda não escreveu nada. Vai ser uma distração e é de uma época diferente e pode pôr-nos a nós e à nossa missão em perigo."

"Depende", disse Raphael. "Ele pode ser uma arma secreta. Ele está aqui, para ti. Se acreditares nele. Acredita que ele nasceu para ser escritor. Então, aos dez anos de idade, já terá todas as capacidades necessárias. Usa-o a teu favor, se assim o quiseres".

E-Z cerrou os punhos. "Estás a dizer que devemos usar o meu primo como isco?"

Rafael riu-se e esvoaçou, provocando uma brisa desnecessária.

"Ajudava se parasses de te agitar tanto," disse Rosalie. "Estou cheia de camisolas, mas não consigo aquecer-me aqui. Já agora, gostava de ir para casa. O E-Z e os outros concordaram, por isso já fiz a minha parte. Agora, adeus, despede-te. Deixa-me ir para casa".

BINGO.

Rosalie desaparece e aterra no seu quarto. Conversa com Lia na sua mente, dizendo-lhe que regressou ilesa e que agora vai dormir uma sesta.

E-Z pensou num outro requisito não negociável.

"Quero Hadz e Reiki comigo, na nossa equipa."

Rafael sorriu. "Hadz e Reiki estão ligados a Eriel pelo nosso líder Miguel."

"Então deixa-me falar com ele. Esses dois têm-nos ajudado. Vêm quando eu chamo. Se vamos lutar contra o mal antigo, precisamos desses dois do nosso lado para nos ajudarem."

"O Michael não pode falar contigo. No entanto, vou apresentar o teu pedido. Se ele achar necessário, avisar-me-á e eu, por minha vez, avisar-te-ei. Queres mais alguma coisa?"

"Sim. Preciso de saber como me posso livrar das Fúrias. Queres que as matemos? Mandá-las de volta para o sítio de onde vieram? O que é que nos pedes para fazer com estas deusas?"

"Amarra-as, prende-as - e nós faremos o resto. Se o teu plano funcionar, então devemos ser capazes de assumir o controlo dos Apanhadores de Almas. Vamos repor tudo como era antes."

"E aqueles que morreram prematuramente?"

"Tudo será igualado... assim que os inimigos forem neutralizados."

"Antes de me mandares de volta", disse E-Z, "preciso de uma coisa, de uma garantia de que não nos vais voltar a trair. Dar-nos Hadz e Reiki era para ser essa garantia, mas como não me podes dar isso, então preciso de outra coisa. Algo que eu possa levar aos outros e dizer-lhes que isto é uma prova de que não nos vão renegar como fizeram no passado.

"Como o quê?"

"Os teus óculos devem servir," disse ele.

Rafael caiu de joelhos, as suas asas deixaram de bater e recuaram. "Não é isso, nada mais do que isso", gritou ela. "Sem os meus óculos não te ajudo a ti, nem a ninguém."

"Os arcanjos mantiveram a Rosalie aqui contra a sua vontade. Usaram-na para chegar até mim. Mudaste de ideias em relação a promessas feitas, cancelaste os meus julgamentos..."

Toca nos aros dos óculos e depois tira-os. Nas suas mãos, os óculos transformaram-se numa serpente, uma serpente vermelha que rastejou para o braço de E-Z, e deslizou para cima, para cima, para cima.

"Mas que raio!" gritou E-Z, enquanto a serpente continuava a subir pelo teu pescoço. Passa por cima do queixo. Passa por cima dos seus lábios bem fechados. Sobe e passa por cima do nariz. Depois, cortou-se ao meio e enrolou uma ponta à volta de cada uma das orelhas. Depois volta ao seu estado original, óculos pulsantes.

"Os meus óculos são teus agora, faças o que fizeres - não deixes que as Fúrias os tirem de ti. Se isso acontecer, então seremos todos destruídos."

"Espera!" disse a voz da parede. "E se falhares? Afinal de contas, vocês são apenas crianças."

"Não te posso prometer sucesso - mas vamos dar tudo o que temos. Mas seria bom saber, se precisarmos da tua ajuda, que usarás os teus poderes para nos ajudar."

"Combinado", disse a voz.

E-Z estava de novo na cadeira de rodas, no seu quarto, com os óculos vermelhos a pulsar na cara.

"Tens de parar de fazer isso", disse o tio Sam, que estava a fazer a cama do sobrinho. "Antes que me esqueça, o Sam e eu fomos visitar o PJ e o Arden hoje, quando estávamos a fazer um check-up no hospital. Encontrámos o pai do PJ e ele deu-nos informações actualizadas. Eles agora partilham um quarto de hospital, mas o estado de saúde de nenhum deles mudou."

"Obrigado, eu ia ligar-lhes. Muito bem, juntem-se todos."

CAPÍTULO XXIX

O QUE FAZER?

"Precisas que eu fique?" Sam fez uma pausa. "Porque a minha mulher está à espera que eu lhe massaje os pés. O bebé vai nascer a qualquer momento, por isso deixá-la à espera não é uma opção."

"Uh, vai em frente e toma conta dela," disse E-Z. "Depois conto-te os pormenores."

Lia deu um abraço a Sam.

"Obrigado", disse Sam enquanto fechava a porta atrás de si.

A campainha da porta da frente tocou.

"Apanhei-o!" Sam chamou, enquanto corria para a porta da frente.

"Ele tem muito em que pensar", disse E-Z.

"Vai ser mais fácil, quando o bebé nascer", disse Lia.

"Quando o bebé nascer, vai ser mais caótico", diz Alfred. "Mas não nos vamos preocupar com isso agora.

"Então, quais são as novidades?" Lia perguntou.

"Começa com os positivos, se houver algum. Espero bem que haja", disse Alfred.

"A boa notícia é que tenho uma ideia. A triste notícia é que não faço ideia se vai funcionar contra os nossos inimigos. São conhecidos como As Fúrias. Algum de vocês já ouviu falar delas? Eu conhecia o nome da mitologia, e elas aparecem em alguns jogos.

Lia abana a cabeça em sinal negativo.

Alfred disse: "Já ouvi falar delas, mas foi há muito tempo. Acho que lemos sobre eles no liceu, antigamente. Lembro-me que elas eram más - três delas, talvez? E não são deusas? Tenho uma imagem da Medusa na minha cabeça. Estavam relacionadas?"

"Elas são piores. Muito piores porque são três", disse E-Z. "Quando vomitei, bem, isso foi logo a seguir ao meu segundo encontro com elas. No primeiro encontro, foi numa viagem com Hadz e Reiki. O que eles chamaram de um pequeno reconhecimento. E não te preocupes, estávamos camuflados, mas aprendi muito. Eles montaram um quartel-general em Death Valley.

"Como suspeitávamos, eles estão a visar crianças. No mundo dos jogos. Lia, perguntaste qual era o objetivo deles... É fazer com que as crianças ultrapassem os limites. Miúdos da nossa idade, e até mais novos.

"Assim que os apanham, roubam-lhes as almas. E colocam-nas em Apanhadores de Almas destinados a outras pessoas. Então, quando eles morrem, não há nenhum lugar para onde as suas almas possam ir."

"Isso é tão mau!" Disse a Lia.

"Então, quando os verdadeiros donos dos Apanhadores de Almas morrem, o que é que acontece às suas almas? Quero dizer, se as suas almas não têm para onde ir - nem casa, nem céu - então o que é que lhes acontece?" perguntou o Alfred.

"É essa a questão. Não têm um lugar de descanso eterno - por isso, quando morrem, ficam a flutuar. É essa a versão condensada, pelo menos. E nós precisamos de parar as Fúrias e precisamos de as parar rapidamente."

"Como é que elas levam as almas dos miúdos? Não percebo", pergunta Lia.

"Eu também não," disse o Alfred. "Os miúdos, especialmente os que jogam jogos, sabem muito de computadores. Como é que eles se estão a colocar em perigo? Como é que as Fúrias têm acesso a elas nas suas próprias casas, mesmo debaixo do nariz dos pais?" Pensa por um momento: "Serão elas responsáveis pelo facto de o PJ e o Arden estarem em coma?"

"Primeiro a pergunta da Lia. As Fúrias castigam aqueles que não são castigados - tem sido esse o seu objetivo histórico. A sua principal arma tem sido sempre o remorso. Fazem com que as pessoas se sintam culpadas. Arrependem-se de ter feito algo errado. E quando o fazem, assumem o controlo. Deixam-nas loucas, fazem-nas destruir-se a si próprias.

"Contei-te sobre o miúdo que foi a minha casa e tentou matar-me? Ele disse que alguém no jogo lhe disse que matava a família dele se ele não me matasse. Fizeram com que ele fosse atrás de mim, por causa das acções que estava a fazer no jogo. Precisei de uma dica da Eriel para fazer essa ligação. Na altura pareceu-me estranho, mas não me apercebi logo.

"É assim que eles fazem. Um miúdo está a jogar um jogo e, para avançar no jogo, tem de matar alguém, ou mesmo cometer um assassínio em massa, ou, bem, ficas com a ideia. No mundo real, estas coisas são pecados e contra a lei, mas no jogo fazem parte do jogo. Na maioria dos jogos, é o único objetivo."

"Espera um minuto", disse Alfred. "Estás a dizer-me que estão a castigar crianças no jogo como se estivessem a cometer um homicídio na vida real?"

"Estás a dizer que estão a punir os miúdos no jogo como se estivessem a cometer um homicídio na vida real? "É exatamente isso que estão a fazer. Como estão a usar a indústria dos jogos para justificar - não, acho que não é a palavra certa. Quero dizer, para tolerar as acções deles ao levarem as almas dos miúdos."

Lia fecha as mãos e fecha-as em punhos. Depois usa-as para tapar os ouvidos, como se não quisesse ouvir mais nada. "Tens toda a razão, E-Z. Não temos escolha - temos mesmo de acabar com aquelas bruxas. Quanto mais cedo, melhor".

"Eu sei", disse E-Z, "mas não vai ser fácil. Elas são deusas, também conhecidas como as Filhas das Trevas e Erínias. O seu principal objetivo é castigar os maus e, no âmbito de um jogo, todos são maus. É a única maneira de avançares no jogo."

"Disseste que tinhas um plano, qual é?" perguntou Alfred.

"Primeiro, para responder à tua pergunta sobre o PJ e o Arden. O meu instinto diz-me que a resposta é sim. Mas perguntei à Rafael se podia confirmar. Ela disse que não podia dizer cem por cento de uma maneira ou de outra. Uma vez que as Fúrias nunca - tanto quanto sabem - se tinham livrado de roubar uma alma. Para não falar de duas almas.

"Oh, mais uma coisa que tenho de te dizer é que em Death Valley há milhares de Apanhadores de Almas. Talvez mais de milhares e em números que crescem todos os dias. Eles estão a toda a distância que os olhos podem ver. Pára, como se o coração lhe estivesse na garganta, e limpa uma lágrima.

"É difícil ser testemunha disso. O que eles estão a fazer é tão premeditado, deliberado. Mas o que eu não consigo perceber é o que é que eles ganham com isso. Quero dizer, o Hadz e o Reiki fizeram bem em levar-me lá para ver. Se me tivessem dito, sem me mostrarem... não me teria atingido com tanta força. Ah, e o Raphael diz que eles estão a aumentar a sua ingestão diariamente. Por isso, não temos muito tempo para ficar a pensar. Precisamos de um plano, e precisamos de agir."

"Eles são mortais?" perguntou Alfred.

"Sim, estamos a tratar disso", diz E-Z. "Por isso, o plano que me ocorreu foi fazermos um jogo só nosso. O Tio Sam podia ajudar-te. Quando eu estiver a jogar para exibir mortes, então as Fúrias virão buscar-me. Quando o fizerem, encurralamo-las e matamo-las no jogo.

"Pensei que os poderes delas pudessem diminuir no jogo. Mas depois ocorreu-me - e se os meus também diminuírem?"

"Não saberíamos, até ser demasiado tarde", disse Alfred.

"É verdade. Quanto mais pensava nisso, menos eficaz me parecia a ideia. Já para não falar que, se eles tiverem o PJ e o Arden, presos no limbo, até serem controlados... Bem, eles podiam tirar-lhes as almas. E nós perdê-los-íamos."

"Queres dizer que pode ser uma armadilha?" Perguntou-te a Lia.

"Exatamente."

"Deste-nos muito em que pensar", disse Alfred. "Acho que devíamos dormir sobre o assunto, refletir sobre ele e amanhã voltamos a falar sobre ele."

"Não tenho a certeza se vou conseguir dormir", disse Lia, "mas concordo, vamos fazer uma pausa. Preciso de tempo para pensar no perigo em que nos vamos meter. Temos de ter a certeza de que nos apoiamos uns aos outros".

"Claro que sim", disse E-Z. "Entretanto, vou ver se consigo arranjar um plano B."

Lia saiu da sala e fechou a porta atrás de si.

"Quem será que estava na porta da frente?" pergunta E-Z.

"Podemos perguntar ao Sam de manhã, ele ainda deve estar ocupado a tratar dos pés da mulher.

Eles riram-se. "Parece-me um plano", E-Z. "Boa noite, Alfred."

"Boa noite, E-Z."

CAPÍTULO XXX

OOOH, BEBÉ BEBÉ

"O bebé vai nascer!" gritou Sam algumas horas mais tarde.

Ao descer o corredor, segura a mão de Samantha com uma só mão. Leva ao ombro um saco de viagem. Pega nas chaves do carro.

"Não vais conduzir, amor", disse Samantha, pousando as chaves no balcão.

E-Z saiu para o corredor. "Queres que vamos contigo?

"Estou bem", disse a Samantha. "A Lia ainda está a dormir.

"Vou acordá-la e encontramo-nos contigo no hospital, está bem?"

Lia olhou por cima do ombro: "Já chamei um táxi. Ele não vai conduzir."

Sam sorriu: "Ela é a chefe."

"Vejo-te em breve", disse E-Z. "Já agora, quem é que estava à porta ontem à noite?

"Era a Rosalie. Ela estava exausta, por isso pusemo-la no quarto de hóspedes."

"Está bem, obrigado", disse E-Z.

Enquanto percorria o corredor até ao quarto de Lia, perguntando-se o que estaria Rosalie a fazer lá, bateu à porta.

"Sou eu, Lia", disse ele. "A tua mãe e o tio Sam vão para o hospital. O bebé está a nascer!"

Primeiro ouviu-se um estrondo, depois a Lia abriu a porta. O candeeiro da sua mesa de cabeceira estava no chão, ao lado da cama. "Estou pronta num segundo", diz ela. Fecha a porta.

Ele seguiu para o quarto de hóspedes. Olhou para dentro e Sam tinha razão, Rosalie estava a dormir profundamente. Volta para o seu quarto, veste-se e tenta não acordar Alfred. Os cisnes não eram permitidos no hospital, por isso acordá-lo seria uma maldade - ele sentir-se-ia excluído. Escreveu um bilhete a dizer que Rosalie estava a dormir no quarto de hóspedes e que tomasse conta dela até eles voltarem. Diz-lhe para se sentir em casa, escreveu ele. Deixou o bilhete para que Alfred não o perdesse quando acordasse.

E-Z fechou a porta atrás de si e trancou-a, depois ele e Lia entraram no táxi que os esperava e dirigiram-se para o hospital.

Seguiram os sinais e rapidamente encontraram a ala dos bebés. Sam estava lá, a andar de um lado para o outro, como os pais expectantes fazem na televisão.

"Como é que te estás a aguentar? perguntou E-Z.

"Como é que está a minha mãe? Pergunta a Lia.

"Obrigado a ambos por terem vindo", disse Sam. A sua mão tremeu quando tentou beber água de uma garrafa. "A Samantha está mesmo muito bem. Quer dizer, ela já passou por isto antes contigo, Lia, por isso sabe o que esperar e eu estou... Bem, não sei se consigo lidar com isto. O curso que fizemos, para nos ajudar a preparar para hoje, foi bom - mas a realidade é bem diferente. Odeio hospitais".

"Toda a gente odeia hospitais", disse E-Z. "Mas quando eles entram por aquelas portas giratórias. E dizem que precisam de ti... Então tens de te recompor e ir lá ajudar a tua mulher. Lembra-te que és uma equipa, que estão juntos nisto. Tu consegues fazer isto!" Dá uma palmadinha nas costas do tio.

"Eu sei.

Lia encostou a cabeça ao ombro de Sam. "Vais-te sair bem.

Chega uma enfermeira. "A tua mulher precisa de ti. Já não falta muito. Vou levar-te para te lavares e depois podes estar com a tua mulher quando a levarmos para baixo."

Sam acenou com a cabeça e lá foi ele.

O último olhar na sua cara fez E-Z lembrar-se de alguém em frente a um pelotão de fuzilamento.

"Ele vai ficar bem", disse Lia, dando uma palmadinha na mão de E-Z.

Horas depois, Sam voltou para junto deles com um largo sorriso no rosto. "Tenho outra filha", disse ele, "e um filho!"

"Dois bebés?" Lia e E-Z disseram em uníssono.

"Sim, dois. Só vimos um na ecografia".

"Como está a minha mãe?"

"Está brilhante! Espantosa!"

"Podes vê-la? E os bebés?"

"Dá-lhes uns minutos, para prepararem as coisas. Depois podes conhecer o teu irmão e a tua irmã Lia, e E-Z podes conhecer os teus primos."

"Já sabes o nome que lhes vais dar?" perguntou E-Z.

"Sim, mas dizemos-te juntos."

"É justo", disse E-Z.

"Dois bebés, naquela casa - com todos os outros", disse Lia.

"Eu estava a pensar na mesma coisa. Já temos a casa cheia... mas havemos de nos desenrascar. Sempre conseguimos."

Sentaram-se juntas e esperaram.

EPÍLOGO

Semanas mais tarde, era 17 de janeiro. O Natal tinha chegado e passado com toda a pompa e esplendor do costume, o mesmo acontecendo com a entrada no novo ano. E-Z era mais um ano mais velho, tinha dezasseis anos e o grupo estava reunido no seu quarto. Charles Dickens juntou-se a eles via Facetime.

Ao fundo do corredor, os gémeos - Jack e Jill - estavam a fazer barulho. Sam e Samantha ainda se estavam a habituar à rotina dos recém-chegados. Ninguém na casa tinha dormido muito, até abrirem os presentes de Natal. E-Z, Lia e até Alfred receberam auscultadores que bloqueavam o som.

E-Z estava a pensar noutras formas de derrotar as Fúrias. Para além da sua ideia de ir atrás delas no jogo. Poucas outras opções se apresentavam.

Enquanto os outros dormiam, teve algumas conversas online com Charles. O Charles achava que vencê-las no seu próprio jogo seria "totalmente marado". '

E-Z estava um pouco preocupado com as outras frases que os detectoristas estavam a ensinar a Charles. Juntos, decidiram pôr o grupo a par das suas discussões sobre como avançar com a ideia do jogo.

"É fácil", diz Charles Dickens. "Eu e o E-Z falámos ao telefone no outro dia e pensámos no que poderia resultar. Se eles tiverem alguma informação sobre Os Três - quero dizer, estás em toda a Internet - vão saber de ti. Mas não saberão de mim.

"Não que tenham medo de mim. Embora Edward Bulwer-Lytton tenha escrito uma vez que "a caneta é mais poderosa do que a espada". Neste caso, espero que seja verdade.

"Então, tenho praticado com os meus amigos detectoristas. Achamos que o melhor jogo para os meter é um jogo já existente. E achamos que conhecemos o jogo perfeito.

"Chama-se The PK Crew. A classificação do jogo é 13+ ou 12+ em alguns sítios e é grátis. O objetivo do jogo é matar toda a gente, incluindo a tua família e amigos. És recompensado por cada morte, mas quando matas pessoas próximas de ti, ganhas ainda mais pontos. Ganhas mais dinheiro. Até mesmo notoriedade dentro do jogo. A tua fotografia na televisão PK TV. Apareces na primeira página do jornal The Peachy Keen Times. O jogo passa-se numa cidade fictícia chamada Peachy Keen. É a armadilha perfeita - e é um jogo que nós próprios vamos lançar. Eu vou jogar como um miúdo de doze anos, eles vão entrar no jogo e vocês já lá estarão."

"Vai ser suficientemente seguro", disse E-Z, "Quer dizer, já estás morto - quer dizer, na tua vida passada - por isso eles não te podem matar."

Bateram à porta: "Está aberta", disse E-Z.

Lia saltou e atirou os braços à volta de Rosalie. "É bom ver que estás acordada," disse ela enquanto se aconchegava na camisola grossa da amiga.

Rosalie tinha-se tornado uma parte importante da equipa. No entanto, só lhe era permitido ficar com eles mais um dia. Depois disso, tinha de voltar para casa.

Quando atravessa a sala para se sentar, dá uma palmadinha na cabeça do cisne Alfred. Tinham-se tornado todos muito amigos, desde que ela chegara antes dos bebés.

"Tenho algumas coisas para te dizer. Primeiro, obrigada por me receberes tão bem. Foi maravilhoso ver-te e obrigada por me fazeres sentir parte da tua equipa."

"Ahhhhh," disse a Lia.

"O que tenho para te dizer é que tenho estado a escrever num livro sobre outras crianças com poderes especiais como tu. Está na gaveta da minha mesa de cabeceira. Da próxima vez que me vieres visitar, eu dou-to para que possas ir buscar os outros para te ajudarem a vencer as Fúrias."

"Vamos precisar de toda a ajuda possível," disse Lia.

"O Rafael e o Eriel acham que te podem ajudar, por isso é que queriam que eu lhes desse detalhes. Foi por isso que escrevi tudo - para não me esquecer de nada importante."

"Foi por isso que o Rafael e o Eriel te levaram para a sala branca?" perguntou E-Z.

"Sim e não. Quero dizer, sim. Eles sabem sobre os outros miúdos. Mas não, eles não me pediram diretamente para te dar a informação sobre eles. Eu sei que estes miúdos são importantes para ti e que sem eles não consegues vencer as Fúrias".

"O que é que sabes sobre as Fúrias?" perguntou Alfred.

Rosalie estremeceu e cruzou os braços. "Sei algumas coisas sobre elas. Tipo, são três irmãs assustadoras, que estão de volta à Terra para não fazerem nada de bom."

E-Z disse: "Não estás a brincar. Já vi em primeira mão os estragos que elas fizeram até agora. Estamos a trabalhar num plano. Mas diz-nos, onde estão os outros miúdos? Achas que nos vão ajudar? Isso se conseguirmos arranjar uma maneira de os trazer para aqui."

"São bons miúdos, mas tens de lhes pedir autorização, e aos pais. Um está do outro lado do mundo, na Austrália, outro no Japão e o outro nos Estados Unidos, em Phoenix, Arizona. Pode haver outros, mas estes três são os únicos com quem tive contacto até agora", diz Rosalie.

"Por outro lado, trazer novos miúdos vai complicar as coisas", disse E-Z. "Além disso, se falharmos, não haverá ninguém para nos substituir. Talvez seja melhor sermos nós a gerir isto, com o mínimo de exposição possível. Se nós conseguimos, ou seja, eliminar as Fúrias, porquê envolver outros? Estranhos? Porquê arriscar a vida de outros miúdos?"

"Não foi há muito tempo que éramos todos estranhos," disse Alfred.

"Eu continuo a ser um estranho - apesar de sermos parentes", disse Charles Dickens. "Mas eu não sou um dos Três. O E-Z é que manda e eu faço de bom grado o que ele achar melhor. Os detectoristas dizem que sou um novato. E é verdade."

Rosalie olhou para o rapaz no Ecrã. "Ainda não fomos apresentados corretamente," disse ela. "Eu sou a Rosalie e tenho quase a certeza que sou mais novata do que tu."

Charles riu-se. "Chamo-me Charles Dickens."

"Tens alguma relação com O Charles Dickens?" perguntou Rosalie.

"Uh, sim, eu sou ele - reencarnado."

Rosalie riu-se. "Pensei que já tinhas ouvido tudo. Bem, estou feliz por te conhecer, Charles."

Ouviu-se uma batida forte na porta da frente.

Alguns segundos depois, pés calçados com botas abriram caminho pelo corredor, contra os protestos de Sam.

"Rosalie," o mais corpulento dos dois homens disse através da porta fechada. "Está na altura de voltares para casa. Precisas dos teus medicamentos, por isso sai, ou teremos de entrar por ti."

Rosalie levantou-se, "Parece que te disse tudo o que precisavas de saber e mesmo a tempo." Dirigiu-se à porta, abriu-a e saiu com os assistentes.

Um minuto na parte de trás da ambulância, depois na sala branca. As estantes e os livros eram os mesmos, mas o cheiro não. Antes não cheirava a nada, mas agora cheirava mal. Cheirava mal. Nojento. Como lixívia e ovos podres.

Através da parede, entraram três mulheres vestidas de preto da cabeça aos pés. Em vez de cabelo, tinham cobras. E mais cobras subiam e desciam pelos seus braços. Voam em direção a ela. As suas asas de morcego contrastam com a pureza e a brancura do quarto. O sangue espumava dos seus olhos, quando lhe atiravam os chicotes na direção.

E o seu fedor era insuportável.

"Diz-nos o que queremos saber", gritavam as Fúrias em uníssono.

"Não sei o que me estás a perguntar," disse Rosalie, segurando o nariz.

BATE.

O estalar do chicote raspou a pele da bochecha da velha. Quando ela tocou na cara e olhou para a mão, esta estava coberta de sangue.

"Sabes," disse Allie, enquanto ela e as suas irmãs voltavam a bater com os chicotes na mulher mais velha.

"Não sei o que queres dizer.

Uma estante de livros tombou. Se não fosse pela escada que se movia rapidamente, Rosalie teria sido esmagada por baixo dela.

ESTÁS A SONHAR, ROSALIE?

Estou a sonhar, pensou Rosalie. Preciso de acordar. Preciso de acordar AGORA e afastar-me destas criaturas horríveis e malcheirosas.

Caiu outra estante.

Depois outra. E mais outra.

Em breve, o escadote também caiu no chão e saltou. Uma, duas, três vezes. Depois desfaz-se em pedaços.

"Oh não!" Rosalie gritou.

"Vais contar-nos, amor", exigiu Tisi, enquanto levantava a mulher mais velha do chão com os seus braços serpenteantes à sua volta.

Os pés de Rosalie balançavam precariamente. Enquanto as serpentes apertavam as garras à volta do seu tronco.

"Cuidado, irmã, ainda lhe dás um ataque cardíaco," gritou Meg, aproximando-se de Rosalie. "Dá-nos o que queremos, amor."

"Eu não te vou dizer nada. Não importa o que me faças," disse Rosalie.

Ela estava a ser tão corajosa. Porque sabia que não estava sozinha. Lia estava lá, a ouvir-te.

"Isto é uma completa perda de tempo," disse Allie enquanto enviava um chicote para o ar e derrubava uma parede inteira de estantes. Alguns livros alados lutaram para sair de debaixo das prateleiras. Um tentou voar com a única asa que lhe restava.

Tisi virou-se para a parede mais distante e pôs os livros a arder. Caíram, como peças de dominó, em cima da pobre Rosalie, que estava enterrada debaixo dos livros a arder.

As Fúrias riram alto e orgulhosas.

Rosália chamou o nome de Lia na sua mente. Onde estás Lia? perguntou ela. Onde estás, pequenina?

De volta a casa, E-Z abre o seu portátil. "Ok, já tivemos a oportunidade de dormir sobre o assunto. Estamos todos de acordo que não temos outra escolha senão lutar contra as Fúrias?"

Lia e Alfred acenam com a cabeça.

"E temos de ir buscar os outros miúdos e trazê-los para aqui. Somos três e eles são três. Lia, tu vais para Phoenix - a Pequena Dorrit pode levar-te ou podes voar num avião."

"Eu prefiro a Pequena Dorrit.

"Muito bem, a primeira criança está escolhida. Embora não saibamos o seu nome ou onde é que ela está exatamente em Phoenix, Arizona. E vais ter de esclarecer isso com os pais dela. Não vai ser fácil, porque vais ter de lhes dizer em que tipo de perigo é que a filha se vai meter.

"Sim, vou ter de pedir mais pormenores à Rosalie."

"Alfred, podes ir ao Japão. Sugiro que vás de avião - temos de tratar da logística. Terás de regressar com o miúdo, partindo do princípio que os pais te dão autorização. Mais uma vez, precisamos que a Rosalie nos diga onde está o miúdo. E vai haver uma barreira linguística, a não ser que saibas japonês?"

Alfred abanou a cabeça.

"Vou arranjar-te um tradutor."

"Arranjamos-te um telemóvel e podes pôr uma aplicação que fará a tradução por ti. Vais ter de aprender", disse E-Z. "Especialmente porque não tens dedos.

"Parece-me bem", diz Alfred. "Tenho de começar já a trabalhar com o telefone. Não deve demorar muito a perceberes. Entretanto, a Rosalie pode dizer às crianças que eu sou um cisne - para que não caiam e desmaiem quando me virem pela primeira vez."

"É uma boa ideia," disse Lia. "Mas como é que vais escrever?

"Posso usar o meu bico."

"Ou um programa ativado por voz", disse E-Z.

"Fixe", disseram Lia e Alfred em uníssono.

"E eu vou voar para a Austrália. Apanho um avião de volta com o miúdo, mas será mais rápido se for diretamente para lá. Ah, e mais uma coisa, temos de pensar num alçapão para nós. De alguma forma podemos sair - no caso de um ou mais de nós sermos apanhados, mortos ou feridos. Temos de estar preparados para tudo. Se morrermos antes de acabarmos esta coisa, não vai sobrar ninguém para apanhar os bocados."

"Os arcanjos," Lia gaguejou, depois parou. Tremeu, depois não conseguiu recuperar o fôlego. Envolveu os braços à volta de si própria.

"Estás bem?" Pergunta ao E-Z.

"Shhh", disse ela. Não havia sons no quarto nem na tua mente, havia um silêncio absoluto e completo. O seu ritmo cardíaco voltou ao normal, assim como a sua respiração.

"Falso alarme", disse ela. "Pensei que algo estava errado, como se estivesse a receber um SOS, mas agora parece estar tudo bem."

"Isso acontece com frequência?" perguntou Alfred.

"Não," disse Lia.

"Muito bem, vamos começar a pensar", disse E-Z. E passaram o resto do dia a fazer uma lista, a pensar no que podia correr mal e no que podia correr bem.

Foram para os seus quartos e dormiram.

Foi uma noite tranquila para todos, exceto para Rosalie.

Rosalie, cuja voz não foi ouvida.

Cuja voz não foi respondida.

Não chegou ajuda.

O Quarto Branco foi destruído.

Ninguém veio salvar Rosalie.

Das malvadas Fúrias.

Agradecimentos

Obrigado por leres o terceiro livro da série E-Z Dickens... Desculpa o final triste, mas às vezes estas coisas acontecem.

O último livro será traduzido e estará disponível muito em breve!

Obrigado mais uma vez a todas as pessoas que me ajudaram a fazer desta série tudo o que ela poderia ser, como os meus leitores beta, leitores de provas e editores. Parabéns!

Aos meus amigos e família, obrigada pelo teu encorajamento e apoio.

E, como sempre, boa leitura!

Cathy

Sobre o autor

Cathy McGough vive e escreve em
Ontário, Canadá, com o marido, o filho, os dois gatos
e um cão.
Se quiseres enviar um e-mail à Cathy, o seu endereço
é
cathy@cathymcgough.com.
Cathy adora receber notícias dos seus
dos seus leitores.

Também por